U0591082

豆鼠回家

刘克襄 著

人民文学出版社
PEOPLE'S LITERATURE PUBLISHING HOUSE

著作权合同登记号　图字 01-2018-2167

图书在版编目(CIP)数据

豆鼠回家/刘克襄著. —北京:人民文学出版社,
2020
(刘克襄动物故事)
ISBN 978-7-02-014210-1

Ⅰ. ①豆… Ⅱ. ①刘… Ⅲ. ①长篇小说-中国-当代
Ⅳ. ①I247.5

中国版本图书馆 CIP 数据核字(2018)第 087573 号

责任编辑　朱卫净　杜玉花　杨　芹
装帧设计　汪佳诗

出版发行　人民文学出版社
社　　址　北京市朝内大街 166 号
邮政编码　100705
网　　址　http://www.rw-cn.com

印　　制　杭州钱江彩色印务有限公司
经　　销　全国新华书店等

字　　数　180 千字
开　　本　890×1240 毫米　1/32
印　　张　9.75
版　　次　2020 年 10 月北京第 1 版
印　　次　2020 年 10 月第 1 次印刷

书　　号　978-7-02-014210-1
定　　价　49.00 元

如有印装质量问题,请与本社图书销售中心调换。电话:010－65233595

"歌地"

一个传说中的美丽森林

比大森林更为丰饶

宁静而诡谲的金黄

记忆里一个最遥远的不安

伫立在无法返乡的路上

我和它结伴

当全世界睡着时

在这一屋脊最尖端的位置

我和孤独一起并坐、对话

让我和战争彼此遗忘

各自在自己的世界流浪

横越大荒漠

重建豆鼠王国

今夕无风无雨

我却乌云满怀

不知投向何方

每个方向

家园的大石碑不断高耸

总 序

动物小说是一座森林

沈石溪

在我们居住的星球上，一座拥有许多高山的岛屿，位于海洋和大陆的交界，又坐落在温度适宜的纬度，这样允当的自然环境，其实并不多。

我很有福气，正好在这样的一座岛屿上出生，并且平安地长大。更幸运的是，从青少年起，在双亲呵护、生活无虞下，拥有足够的时间和机会，在岛上长期观察自然，认识各地山水，逐一见证它广泛而多样的地理风貌。

经历多趟丰收的生态旅行，我才逐渐打开视野，接触到许多动物。同时，透过当代生态保育观念、自然科学新知，以及各地狩猎风俗文化的洗礼，更深入地见识了各种动物精彩而奇特的习性。

如此丰饶的生态环境，以及多样的动物内涵，作为书写题材的基础，无疑也是上苍赐予一位创作者最大的资产。我自当努力，尝试通过不同的叙述风格和书写技巧，展现各种动物的生命意义。并且自我期许，希望更多台湾地区动物的生命传奇，经由自己笔下的故事，展现这块土地动人的自然风貌。

提到以动物为主题的小说，相信许多读者不免直接联想到儿童文学。许多创作者，在思考这类题材的创作角度和内容时，恐怕也会假定，以儿童或青少年为阅读的对象。

久而久之，因为文学潮流的趋势、影像媒体的兴盛，或者以晚近创作呈现的质量评估，这类以动物为主题的文学创作，难免被放置在一般儿童文学之列。目前文学学术词典、百科全书在定义时，更视为儿童文学的领域。

这种理解的趋势，似乎存在着某一种认知，把动物形象和动物小说所承载的广泛可能，局限在儿童的喜爱与领悟层面。文学风潮如是发展，个人觉得未免可惜。

过去，在叙及动物小说时，我每每想起吉卜林《丛林故事》（1894）、杰克·伦敦《野性的呼唤》（1903）和奥威尔《动物农庄》（1945）等不同阶段经典动物小说的内涵，乃至晚近理查德·巴赫《海鸥乔纳森》（1970）、贝尔纳·韦贝尔"蚂蚁"三部曲（1991～1996）之类现代动物小说的标杆，各自有其深沉的寓意，揭橥动物故事的多样繁复。

世界各地皆有如此精彩的动物小说典范，反映作者家园的生活意识和土地情感，那么台湾地区的动物小说呢？

我在书写动物故事时，其实很少定位于孩童阅读的想象，而是期待更多拥有纯稚心灵的成人，一起享受动物世界的奥妙。进而珍爱和尊重这个地球上，不同于人类文化，或者更为重要的自然文化。

在文学命定的议题里，人类和动物之间的关系，绝不只是反映动物与动物、动物与人类之间的感情交流，或者只是把这种交流赋予丰富的人性解释。我总是想办法扩充视野，尝试着使用更新形式的叙述，摸索更多尚未被人类所理解的领域，以及寻找更大的价值。

现代的动物故事，何妨越过儿童世界的层次，进入一个混沌的起跑线，重新设定更多可能的原点？它一方面是对大自然的礼赞、哀歌，或关怀动物生存的论述，一方面更可能是人格成长的小说、心灵冒险的故事，兼而反省人类文化的发展。

进而言之，动物小说作为一个自然写作的界面，既非孩童似的愚呆，也不必屡屡背负人类破坏自然的原罪。面

 豆鼠回家

对地球日渐暖化、雨林遭到滥垦、水资源缺乏等危机，一个写作者，除了站在第一线抗争，更大的责任是栽植梦想和希望。

尽管这个课题需要长时间的酝酿、培养，但每回我写出一部动物故事时，那无可言喻的喜悦和满足，仿佛成功地守护了一座森林的欣然成长。我快乐地想象着，每一位读过这些动物故事的孩童或大人，在心里也悄悄地滋生出了一座森林。

将来，这座森林会逐渐蓊郁，逐渐延伸出去，最后和地球上的每座森林、每座海洋，亲密地结合。

目 录

自 序

我们的秘密基地

十五年前的夜晚，一个奇幻故事悄然地进入我的家庭生活，此后就未再离开。

从我的写作轨迹来看，这个充满童真稚气的怪异小说，或许来得不是时候，因为早年出版时，其难以归类和过度滑稽的拟人化，并未获得外界青睐，但对孩子却是相当重要的礼物。

那时大儿子才六七岁，因为异位性皮肤炎，晚上不易入眠。就寝前，我都得帮他搔背，一边述说好听的童话故事，让他专注于有趣的情节而容易入眠。小他三岁的弟弟，那时也喜爱偎在旁边，跟着聆听。

初时，在孩子安睡的小斗室里，我选择的题材跟其他父母相似，大抵是经典童话，后来受不了情节的老套，还改编过《小红帽》《三只小猪》等，借此逗乐孩子。只是没过多久，我更兴发创作的乐趣，一边捉痒时，一边胡思乱想，编造自己发想的长篇故事。豆鼠，便是在此一暗黑无边的时空里酝酿成形的小动物。豆鼠的探险过程也是在这一情境下，慢慢琢磨出来的情节。

但这个故事的缘起并非虚拟的想象，还是有历史根据的。

我的灵感来自盛唐的没落。公元七五五年，安史之乱爆发，次年即位的唐肃宗调派西域边兵，回到中原驰援，协助战乱的平定。西域边兵回防，唐朝在天山山麓的守军兵力因此大大削弱。吐蕃趁势崛起，大举进攻河西走廊一带，造成东西向联系的断绝。过了好些年，忙于内忧的朝廷才惊奇地得知，遥远彼方，仍有此一强大兵力镇护着。日后，唐朝的西域孤军，更坚守了将近半个世纪之久。我因而对安西、北庭两处都护府的存在，充满了奇妙的美好想象。

豆鼠也非凭空杜撰的角色。一百多年前，一位英国动物学者托马斯（O. Thomas）前往山西和陕西调查旅行，长时走在黄土高原，一路几不见任何动物。只有一种小型啮齿类，常以站立姿势远望着地平线。此一啮齿类数量之庞大，让动物学者感慨良深。此鼠土话"格乐儿"，乃现今仍常见之大沙鼠，喜爱在干旱地区栖息。

当年为了讲豆鼠的故事，我创造了不少情节。《扁豆森林》是最原型的一部，也是最早的开头。岂料听了这个故事后，大儿子偏好浸淫在古早年代的大事，日后成为历史系学生。小儿子竟也克绍箕裘，变成跟我一样喜爱创作的书写者。

十五年前创造的故事，如今再大刀阔斧地处理，我充满了探访故里和亲友的愉悦。在缺乏真正家园的时代里，一个创作者回到自己昔时开拓的文字园地，一个自己和孩子共同栽作的开心农场，那是多么奇妙而美好的返乡之旅。但我的心情不再是回顾和缅怀，而是很想尝试在这个早产而荒废的家园，重新再栽作一回。

惟如今更名《豆鼠回家》重新修润时，特别加以彩色插图，还是有我不得不然的苦衷。当年或许是早产，现在却有剖腹生子的辛苦。

先说文字吧，我已经不容易回到当年的童心未泯。心思过度成熟，饱含太多世俗判断，让我不易再拥有单纯的快乐。只能借由绘图的色泽和环境情节的构图，追索着昔时的想象，进而寻找当年创造豆鼠世界的无邪。

通过绘图，那种心境的快乐，大抵也是这回的重返最愉快的主要收获。刚开始面对时，其实有些恐惧。很害怕回首面对那些创作上曾经遭遇的瓶颈。但一边作画，我一边逐渐进入一个过去不曾体验的境遇。啊，那愉悦真是难以比拟。这种返乡的快乐，差点让我想，干脆去当绘本作家，或者努力当画家吧！

再说书名，为何改为《豆鼠回家》？这里的"回家"，最初萌发的是一个英文单词：homing。这个英文单词在动物行为学里，直指某种动物拥有的本能，从遥远的错置环境，想要回到最初生长或栖息的地方。但它不尽然是秋去春来的迁徙，而是随时都有可能发生的行为。比如台湾地区最常见的赛鸽，即是最鲜明的例子。这一归巢情境，在我重新修订稿子时，显然比过去初写时更为突显，更具隐晦的意义。

透过豆鼠建构的世界，是我和孩子共有的秘密基地。在这个虚拟的时空里，我们具体地存在，连豆鼠也是真实的。在成长的过程里，很多媚俗的俗世价值，干扰了我们判断，后来也都不重要了。唯有豆鼠家园，可能是一辈子最精彩的印记。

人生必须有一个想象的美好世界，只属于自己和孩子。日后和孩子回忆过往的生活时，便有了一个茶余饭后的有趣话题。亲子间更该有自己的家庭故事，打造一个永远不会消逝的故乡。房子会不见，原野会消失，唯故事存在。

重新出版的过程里，我也跟小儿子商量，请他以小时听我叙述豆鼠的感受，分享自己的成长经验。从小就邂逅豆鼠，如今有时还在怀念豆鼠的年轻人，相信更能见证这个家园的起落。更能旁观，或者是另一种主观，添加被我遗忘的，完成这一绮丽的豆鼠拼图。

序

豆鼠和稚气老爸

刘奉和

这种事起初是谁也不相信的，跟别人提起，他们也只会瞠目结舌地说不可能吧。毕竟落差实在太大了，所以是一点也不相信的，人的另外一面总是如此令他人吃惊。

当我无意间跟大学同学提到老爸爱看的电影时，他们非常惊讶。

"你说你爸爱看这种影片？"有人不敢置信地说。

"对啊，就吃人那个什么的，汉尼拔……"我并不了解这有什么值得吃惊的地方。

"《汉尼拔》，刘克襄居然喜欢看《汉尼拔》！？"

对，"汉尼拔"系列。而且不只这种惊悚影片。我爸其实也很爱看一些经典的奇幻小说或是战争片之类的，像《魔戒》三部曲，我爸多所批评，但是电视转到正在播放时，他还是会一直看下去，实在很莫名其妙。

在大多人印象中，"刘克襄"这三个字似乎一直与登山、赏鸟、乡土、人情味这类特质连结。而他著名的作品不外乎就是《永远的信天翁》《十五颗小行星》……但是光光这些并无法代表我爸的全部，我爸还是有着无比幼稚淘气的那一面，有着那个盯着汉尼拔把别人脑袋切开的画面傻笑的一面。

而如大杂烩般结合了稚气老爸跟乡土刘克襄的作品，似乎就是豆鼠的故事了。"豆鼠系列"原本是为我及老哥诌撰的床边故事。但这种内容讲给四岁小孩听未免也太复杂了点，小时候除了那些简易的名称之外，我大概什么也记不得吧。因此，我认为豆鼠是为了抒发老爸对某些事物的情感所写就的作品，那种会跟孩子讨论金庸小说的热情、喜欢看怪物片的童稚，画画技术明明很好却还是会去画Q版图案的执着，他就是靠着这些写出自己心中的侠义、战争、热血。然而，"豆鼠系列"作品却鲜为人知。也许就像老爸所讲，小时候画的鱼总是颜色缤纷且奇形怪状，但长大后画的模样却只剩黑白及现实中的鱼。充满刘克襄另外一面的豆鼠故事，应该就是被那现实给击垮，终究只能被埋没的那部分吧。

虽然豆鼠只单单活在我、我哥、我爸的心中，但是很少在台湾地区的奇幻小说中找到共鸣的我，唯独"豆鼠系列"是一直百看不厌的。就算比起外国的作品，我认为豆鼠故事也是不遑多让的阅读享受。没有芥川龙之介的《河童》般沉痛省思，也没有《战地春梦》对战争描述的勾魂摄魄，更没有金庸小说那样子的人性诡谲，然而阅读完后，你却很难不去想象那挺着大肚子的豆鼠。在路边捡到植物的果实时也会不自觉地猜测，这是不是扁豆呢？最好笑的是，你听到"战神"这个词汇时，脑海中浮现的不会再只有阿喀琉斯、吕布等电影或游戏演绎的形象，还会有一只穿着斗篷、肚子大大并戴着墨镜的豆鼠。

高原豆鼠

反抗軍

大儿子幼年的豆鼠绘图

豆鼠回家

楔 子

　　豆鼠，一种喜欢站立、全身披灰褐色短毛的哺乳类，群居在一处隐秘的原始森林。

　　那儿叫大森林。它们以一种爬藤类的扁豆为食。这种扁豆非常普遍，只要生长良好的大树，都有它的藤茎攀附其上。扁豆不会缠勒附生的树种，攀爬一定高度后，随即横向拓展。全年都可开花结荚，而这也意味着，一年四季都有新鲜的扁豆，豆鼠不必储藏食物。

　　早年，豆鼠发展出站立的动作时，身体还算匀称，但一代传一代，扁豆吃多了，天敌又阻隔于森林之外，跑跳的机会大大降低，脂肪遂不断累积。圆滚的肚腹明显突露，成为大森林豆鼠们最鲜明的特征。它们也博得一个绰号，大肚鼠。但豆鼠们很讨厌被如此称呼，总觉得这是一个侮辱。

百年前，豆鼠的祖先们居住时，大森林的面积相当辽阔。然而，它到底有多大，就不是现在的豆鼠们所能想象的。不过，每一只豆鼠在成长的过程里，一定都听过长辈夸张地叙述："祖先从小到大，从未见过荒原长什么样子。"

那意思是说，大森林的任何地方都是树木，没有任何荒废的空地。现在，每只豆鼠都知道这句话可是笑话了。如今，任何一只豆鼠随便往哪个方向旅行，不用走个两三天，就会抵达森林的边界。那儿是荒原的起点，豆鼠世界的尽头。一片广袤的沙漠，横陈其间，连绵到天际。

为什么大森林的变化如此剧烈？究其原因，原来早年的岁月里，豆鼠曾遭遇过数次漫长的旱季，扁豆歉收。在严重的饥荒下，许多豆鼠饿死了。豆鼠族群有鉴于饥荒难以预见，为防患于未然，遂展开计划性的扁豆栽培。后来，森林里到处都有扁豆的藤茎攀爬、横生、蔓延。一棵大树常有四五株扁豆悬垂，早已不足为奇。

殊不知，刻意栽种下，许多百年大树因扁豆结荚过多，树身难以负荷，纷纷断枝、倾倒了。刚开始时，豆鼠们也不在乎。树倒了，反而还认为，此一情形代表了这个区域的扁豆栽种成功，还是大丰收的象征呢！但一棵大树倒了，连带的，阳光过度炙热，附近草木的生存也受到影响，四周来不及恢复成隐秘的林子，反而沦为旱地。于是扁豆愈为量产，一块一块林地也在不知不觉中消失得愈快。

等豆鼠们惊觉不对时，大森林已经去了一大半。为了因应林地的消失，豆鼠的长老群不得不数度开会，深入检讨。

不少长老认为，主要问题在于扁豆过度栽种。唯有缩减数量，砍伐一些扁豆，才有可能维持林子的面积。怎知，也有长老提出，扁豆栽植太甚固然是重要因素，但是日子太平，豆鼠无所事事，造成族群过度繁衍，迫使扁豆需求增加才是更根本的主因。这些长老主张，春天的繁殖季应该倡导节育，限制族群数量。

到底是豆鼠族群过度繁衍呢，还是扁豆栽植过当？两种说法其实皆有道理，理应双管齐下，但是该减少多少扁豆植株？如何限制豆鼠生育数量？实施细节讨论了好几年，都没有明确的定论。日复一日，豆鼠的数量继续有增无减，扁豆也继续被偷偷栽种，林地消失更加快速。有的长老私下已经很绝望，甚至悲观地预估，下回大旱灾到来时，豆鼠可能会大量灭亡。

最后，经过数回激辩，长老终于宣布即刻实行两项措施。一，全面禁止栽植新的扁豆。二，限制繁殖季只能生育一胎。但时间似乎迟了，当它们有了充分的危机意识时，历史并未等候豆鼠。经过数十年的大量栽培扁豆，大森林如今只剩下一个像绿洲的小林子，被重重的沙漠包围。

更何况，现在已经不是大森林本身的生长机制是否健全，而是周遭的沙漠明显产生影响，不时掀刮的沙尘风暴，渐渐危害大森林的植被生长。大森林跟沙漠缓冲的区域，旱地面积持续扩大，扁豆豆荚变小，甚而长不出来。

相对地，豆鼠的数量却达到一个高饱和的密度，随便一个转角、树梢或洞穴，都有豆鼠在活动。每年的扁豆产量递减，森林复育也遥遥无期。它们已陷入严重的生存困境，却又无法走出大森林到荒原生活。荒原是大鵟和白狐的世界。长老们开始担心，再这样持续下去，不要三四代，整个大森林就会覆灭。豆鼠将会成为绝种的动物。

豆鼠回家

广袤而无垠的荒原，多数地方只有斑驳、枯黄色泽的细小沙粒，覆盖着一切。天和地之间没有起点，也没有终点。只有沙石堆积的小丘连绵起伏，时而高高耸立，时而深深地凹陷。

　　这等风景远看异常瑰丽，近看之，阒寂得可怕。不仅毫无生命迹象，仿佛连风都进不来。只有一种东西在沙子里抽长，那是巨大的死寂，像是尘封在这块大地太久了，扩散出一种不安，隐隐然埋藏于空气间，随时要爆炸开来。

　　等待着，等待着……旋即，一个庞大的黑色巨影，哗然掠过地面，掀起一阵尘埃。再猛力地逆势上扬，滑上了铅灰的天空。

　　那是一只荒原上最常见的大鸳，固定在这块领域盘旋、梭巡。它的翅膀一如大地的枯黄，且有着破败的苍凉。没有风之下，它辛苦地拍翅、绕圈。每一回奋力拍翅时，肩羽的羽茎都会发出骨头要断裂般的声音。

它好不容易缓慢地爬升到更高的位置，准备下一趟的俯冲。适才掠过的地面虽然没有任何动静，但它仍不死心，一对鹰眼依旧以锐利的余光，搜寻着荒凉的大地。直到再度确定没有什么东西时才放弃。

大鵟掉头远离，变成远方的一点小黑影，近乎消逝时，那片它刚才掠过的地面，微微有了异样。沙地略略松开，崩出裂缝。沙石里露出了暗灰色、毛茸茸的，仍黏着小土块的小动物。一只、两只、三只……总共有三只豆鼠！

大鵟远走后，它们利落拨甩身上的土块，一只跟着一只，背着行囊，匆匆疾奔。

豆鼠们未料到，大鵟其实是佯装远离。一见它们冒出地面，旋即快速地折返。就在它们奔跑时，大鵟早已悄然地拉高到扑击的高度，朝它们快速地飞降而下。

三只豆鼠大惊，死命地往前冲。那大鵟眼看猎物唾手可得，爪子已经朝前伸直。但豆鼠们料准了大鵟的速度，就在大鵟接近那一刹，各自分散逃避。大鵟大概以为是囊中物，一时过度兴奋，俯冲的速度又太快，竟不知要捉谁。这一迟疑，伸出的爪子顿时扑空，飞行的速度也放尽。

若不及时改变方向，硬是再往前俯冲，恐怕会失手，栽到沙地里。它不得不急速拍翅。这一临时抽身，身子有些踉跄地扭摆，几乎落地。还好它以老到的飞行经验，避开了千钧一发之刻。一个昂扬，敏捷地重新绕圈、升空，准备再扑向三只豆鼠。

可是，三只豆鼠已经奔跑到沙丘高处，旋即迅速地滑下斜坡，激出滚滚沙尘。大鵟只能眼睁睁地看着它们，半滚半翻疾速滑下去，进而忙不迭地躲入一处堆了不少枯枝的谷地。

混乱的灰尘慢慢落尽，等整个荒原变得清澈时，只剩下大鵟孤独地在天空盘旋，还有仿佛在发自己脾气的尖锐呼啸声。

大鵟犹不死心，悄然停降在不远的一根大枯木上喘息，鹰眼继续盯着谷地的枯木堆，但豆鼠们何等机灵，仗着枯枝的保护，这回打死也不再露脸。

过了一阵，天色渐暗，大鵟知道机会已经错失，晚餐无着落了。豆鼠们不可能再贸然出来。梳理好一会儿羽毛后，四周仍无动静，只好黯然地拍翅离去。

大鸷离去好一阵，三只吓得胆战心惊的豆鼠还是不敢探头。它们被刚才的遭遇吓坏了，又等了一些时候，才逐一从枯木堆中露出身子。

"嘘！你的鼾声真大！"最壮硕的一只叫红毛，气呼呼地跟另一只叫绿皮的抱怨，"这种危险关头，你躲进来了，居然还敢睡觉。"

绿皮不好意思地苦笑，一边卸下包裹，准备好好伸展身子。

始终小心远望着的那只，仍忧心地观察，再次确定没事后，转头看到绿皮伸着懒腰，严肃地命令道："走吧，这里还不适合休息。不要忘了上回的惨痛教训。才离开森林就遇险，现在又遇到了，难道还没学乖？天也还没全黑，再往前找找看！应该有更适合的地方。"它提到的是另外两只豆鼠同伴。一只甫出森林就被大鸷捉走，另一只掉入流沙里。

教训绿皮的豆鼠叫菊子，年纪比另外两只大一些，在三只中地位最高，是这支探险队的队长。菊子甫说完，不容二话，其他两只纷纷捐起包裹。红毛跳出枯木，拍拍绿皮的肩，安慰兼鼓励。绿皮无奈地耸肩，继续紧跟在后。

它们尽量顺着凹沟、多枯枝的地方走，减少行踪的暴露。直到天色渐黑，才再次走进平坦无物的沙漠。

白天时有大鹫，夜深了并不尽然安全。另一种天敌白狐，这时反而出没频繁。它们依旧小心翼翼地前进。

菊子停下来研判地理位置时，后面的两位便跟着止步。绿皮和红毛都背着藤索编捆的大包裹，里面主要是扁豆和水袋。大概是长途跋涉，旅途过于劳累，它们的表情看来狼狈而憔悴。但菊子眼睛依旧炯然发光，紧盯着前方。

抵达一处凹地时，菊子才放心地示意，可以卸下肩上的物品。绿皮和红毛也大大地松了一口气。黝黯的天空露出繁星，它们决定在那儿过夜。

"吃可爱的扁豆啰！"绿皮兴奋地拆开包裹。

菊子继续远眺四周，研判抵达的位置，下午大鹫的追击，让它毫无进食的胃口。

"可惜！只能吃干瘪的！"绿皮感叹道。整整一天都未遇到水源，它现在最想喝水，同时又想能吃到森林里最新鲜、泛着淡绿光泽的扁豆。它检视藤袋里的扁豆，好几颗都因摘采太久，外皮已经褐黄皱缩，有的则因碰撞挤压而碎裂，渗出一股奇怪的腐酸味。但它太饿了，皱起鼻子，还是津津有味地大啖起来。一边吃还一边欣然闲聊："不知道以前有没有豆鼠来过这儿？"

"一路上都没有任何线索，应该不可能吧？有的话，早已被这片荒原的沙石掩埋了。"红毛不相信会有任何豆鼠走到这里过。看看扁豆的样子，红毛也没什么胃口，勉强咬了一下，实在难以入咽，干脆囫囵吞了。

绿皮取了一颗扁豆给菊子。菊子并未马上进食。它依旧不得空，从身上的包裹里取出一卷竹简，小心翼翼地摊开来研究。

那竹简里记录着一幅简单的地图。最右边画的是一座森林，有一条黑线从那儿画出来。弯弯曲曲，绕了很长，但经过的地方尽是荒原，只有两三笔水源的标记。这条黑线就是它们一个星期来的旅程。菊子又取出黑色的碳笔，开始在上面注记。同时，把今天所走的路画了上去。

竹简的图案除了这些外，最左边的角落还画了另一座森林，但那儿打了一个大问号，似乎是一个未知的地方。

"我开始怀疑，有没有传说的这座森林了，也许世界上就只有我们那一座而已。"绿皮看到菊子又在注记，悄声地感慨着。

"你真是奇怪，既然如此，当初又何必加入探险队出来冒险?"红毛原本还护着绿皮,看它如此丧气,不禁转而低声斥责。

红毛所言甚是,绿皮不好意思地搔头。可它当初报名加入探险队时并不是这么想。它只觉得在拥挤的大森林里已经待烦了,出来走走也好,想法就是这么简单。

菊子并未吭声。它谨慎地将黑线尾端再延伸一小段,表示今天可能走过的路程,以及可能的位置,并注记下日期时间。接着再把竹简收拢,用绳子妥善地捆好,放回背包。这个竹简无论如何要保存妥当,带回大森林去。

想起刚才绿皮和红毛的对话,不免苦笑。纵使这趟冒险失败,它还是要尽力留下这卷竹简,让大森林的后代子孙参酌,将来再派出的探险队伍才不会重蹈覆辙。

不知黄月率领的另一支队伍一行探勘如何,已经一个星期了,是否抵达了另一座森林?如果像自己队伍的遭遇,恐怕也凶多吉少吧?菊子很担心它们的安危,却又矛盾地希望,它们和自己一样遭遇重重惊险的挑战。

绿皮甫吃完扁豆,突然注意到前面的秃枝,遂好奇地走过去细瞧。

"一路上都是这种枯树,有什么好看的。"红毛看它走过去,不免嘲笑。

"不，你过来看它的枝条。"绿皮向它招手。

红毛走过去，跟绿皮一样细瞧，这才注意到眼前这棵小枯树的叶腋，正冒出好几处嫩红的小芽。

"这是什么树？"红毛也好奇起来，因为一路上，这还是它首次见到冒芽的枯树。

"不知道，以前在大森林里没有见过。"绿皮伸手折断一根，试着轻咬嫩芽，"还不错，只是有点苦味。"

"小心不能乱吃，万一中毒，我们可是无法救你，"菊子走过来，郑重地警告绿皮，"我们带来的扁豆还有，不需要冒这个险。"

绿皮又耸肩苦笑，特别跟菊子解释："我担心的是扁豆吃完了，却还未找到'歌地'，那样我们恐怕就必须刨树根，或者找块茎了。"

它们把急欲寻找的森林称之为"歌地"。一个想象中的美丽森林，比大森林更为丰饶。

"找不到，无脸回大森林，只有死路一条，不需要如此苟活。"红毛不知想到哪里，悲壮地申明。

绿皮看菊子和红毛都如此严肃，未再争辩下去。它继续注意四周有无发芽的小树，这几日旅途里，这种小树，它曾看到四五回。那些地面看来都比较潮湿。这株枯木四周的环境看来像是暂时枯干的小河床。它猜想，假如再循着上游走去，或许不难发现水源。

绿皮又注视到不远处有一颗裸露的头骨，它靠过去检视。那头骨显然才被啃咬过，残余的腥肉相当新鲜。

其他两位也发现了。红毛急问道："怎么回事？"

"这是豆鼠的骨头，奇怪了，难道还有其他的豆鼠在这儿？"菊子说。

"会不会是黄月它们？"绿皮失声道。

"不要乱说，它们往西北走，怎么可能在这儿出现。"菊子斥责绿皮，继续研判。

"骨头都碎裂了，会不会是大鵟咬死的杰作？还是白狐？"绿皮胡乱问道。

会是白狐吗？三只豆鼠面面相觑，不知如何是好。大鵟只在白天空旷的荒原活动，白狐可是连夜晚也会现身。以前，它们在森林边缘就常遇见这种神出鬼没的敌害。面对白狐，只有一群豆鼠的力量才可能驱退，单单它们三只豆鼠，只有等着被猎杀的份儿。

"不太可能，白狐咬的痕迹比较深。可能是荒原干燥才能保持这样的新鲜，咬过的动物应该早就远离了。"菊子如此推断，但其他两只豆鼠还是紧张起来了。

"我宁可掉入流沙里，也不愿意被白狐咬死！"绿皮说。

红毛再瞪它一眼，绿皮才不好说下去。

天色黑了后，气温顿时转凉。更让它们烦恼的是，起风了，而且是很强烈的东北风，吹得附近的沙石不断地翻滚，横扫。

隔天凌晨，风停了。明净的月光下，它们再度捎起干瘪的扁豆与水量不多的袋子，朝西方出发了。昨天遇见大鹫后，它们就彻底改变了行走的方式。趁天亮前疾走一段路，天亮后就躲到枯枝堆或凹坑休息，直到黄昏时再走。

"菊子，你觉得未来的行程如何？"绿皮忧心地问前面的菊子。

菊子未搭腔，绿皮明显问了一个很愚蠢的问题。过了许久，菊子反而问道："扁豆还能支持几天？"

绿皮想了很久，才答道："两天。"

菊子仰头看着月光，喃喃自语起来："或许，我们应该赶快回到大森林，准备更多食物再回来。"

绿皮点点头，它已经开始想家了。

"回去的话那就太令人失望了。我宁可自己像过去的探险队一样，消失在这片荒原，唯留记录在竹简上的探险事迹，让后代的豆鼠子孙们流传吧！"红毛坚决地说。

它的意思十分明显，就是继续寻找。不过，菊子如果决定要回去，也只好听从命令。只是，它很怀疑，离开时走了一个星期，两天回得去吗？

绿皮似乎猜透了它的心事般："省一点可以撑四天，回去的路上，哪些地方有水源也比较清楚。"

绿皮一提及水，它们都觉得口渴了。已经好几天没有畅快喝水，水袋的储水所剩有限，它们一路都在担心水的来源。但诚如红毛所说，虽然不免萌生回头的打算，毕竟不愿空手返家，让豆鼠们嘲笑。它们继续走在远离大森林的路上，朝传说中"歌地"的方向前进。

走在最后的绿皮发现，月光下的荒原反而呈现一股死寂的美。"虽然不是森林，到处有死亡的阴影，但还是美丽的大地啊！"它在心里感叹道。如果不是为食物和水发愁，它倒是有一番心情想好好坐下来休息，欣赏四周的景色。

"等一下！"红毛突然挡住菊子低声喝道。绿皮仿佛才惊醒，不知所措地慌张上前。红毛嗅闻了一下空气，觉得不太对劲。三只豆鼠急忙趴在地面，竖耳倾听。它们确定了，不远的地方真有动物踩踏着沙石的声音，朝这儿前来。

"白狐!"它们心里同时暗叫着这天敌的名字,再次面面相觑,吓得浑身发抖。这时逃跑已来不及。三只豆鼠急忙快速挖洞,把自己全部埋入沙堆里,祈祷着即将到来的白狐漠然不觉,奔跑而过。

月光下的沙丘上,迅速出现了三个不甚明显的椭圆小沙堆。

那踩踏声果真愈来愈接近,最后抵达沙堆。来者停了下来,对三个隆起的沙堆似乎充满疑惑。可是,并未企图翻挖。未过多久,又缓缓出发了。

沙堆里一只豆鼠却好奇地拨开土块,朝那只动物大叫:"黄月!"

喊叫的是菊子,因为它觉得抵达的声音太奇怪了,虽然未听过白狐的踩踏,这个声音却十分熟悉,因为每天都听到,是大森林豆鼠的脚步声!菊子这一叫,那只动物停下了蹒跚的脚步,颤抖地转身,看到菊子从土堆里冒出时,情绪失控地惨叫:"啊!"旋即虚弱地颓倒在地。

菊子猜得果然没错,确实是一只豆鼠走过。地上昏躺下来的,正是黄月。黄月意外地出现在它们往西南的路上。

大森林探险队第一小队队长黄月，躺了好一阵才醒来。眼睛睁开时，眼前正悬着一颗暗褐的扁豆，原来是菊子在拿给它吃。它不仅饿，身体也相当虚弱。可那扁豆太干硬了，咬了一口便无法下咽。它伸手要了水袋，没几下就咕噜噜地喝掉了许多。

绿皮眼睛瞪得斗大，很不情愿，但看到两位队友都不计较，也不敢说什么。现在它们只剩半袋水了。其实菊子内心也抽动了一下，但为了救黄月，只好豁出去。

"你怎么会出现在这里？其他队员呢？"菊子看着气力虚弱的黄月，迫不及待地追问缘由。

"这是哪里？你们不是……不是向西南走吗？怎么会在这里？"满脸疲惫的黄月反而惊讶地问道。

菊子把竹简取出，翻开来，让黄月仔细端看目前大概的位置。黄月勉强起身，看完后，颓然坐地："天啊！难道我迷路了！"

"其他同伴呢？"红毛继续追问。

"死了！"黄月喃喃自语，精神恍惚地说，"四名队员都被大鵟捉走了。"

听到这个不幸的消息，三只豆鼠又心惊又难过。它们也怀疑自己还能撑多久，不要说"歌地"，现在要回去似乎都有些困难了。

可是，真的没有"歌地"这个地方吗？前几年，当豆鼠汲汲思索出路时，看到许多奇怪的鸟类，从别的地方飞来，它们依此分析，世界应该不只这个大森林而已。为了寻找更好的环境，有些决定离开森林，进入荒原去找新的林子。但住在大森林的豆鼠离开以后，从未见到回来过。

很明显，出去只有死路一条。正如它们祖先所说的，除了大森林，豆鼠们没有地方可以生活，荒原就是这个世界的极限。

就在豆鼠们都死心时，有一天，一只豆鼠在采扁豆时，意外地从鹆科鸟类的巢里，捡到了残破的竹简。这些竹简的材质殊异，还有竹简上的图案，一看即知绝不是大森林豆鼠习惯的表现手法。

豆鼠们虽无从判断这些竹简从何而来，却知道，这种鹬科鸟类在繁殖期一定会回到大森林。竹简上的图案虽模糊不全，很难辨认，但竹简的材质透露了一个很清楚的讯息：除了大森林以外，至少还有第二座森林，可能还有豆鼠族群，很可能在西边。

至于为何叫"歌地"，渊源曲折，已没有豆鼠知道。总之，后来都习以为常，以"歌地"称呼这个尚未揭开庐山真面目的地方。

一个多月前，大森林里便挑选志愿者加以训练，有计划地派出两支队伍，去寻找"歌地"。它们必须通过体能、打斗和智慧的测验，绿皮和红毛等年轻力壮的豆鼠便是从中挑选出来的好手。黄月和菊子则是豆鼠长老们公推出来，体能、智慧和经验都是一时之选的队长，两支队伍便由它们带领。

那只鹬科鸟类是从西方飞来，因此，黄月便带领一支向西北行，菊子则带着红毛一行朝西南走，去寻找传说中的"歌地"。

只是菊子一行绝没想到，竟然在此和黄月相遇。

黄月恢复平静，努力撑起身子，看着眼前的三只豆鼠，激动地一一握住它们的手。

"接下来，你们打算如何走呢？"黄月好奇地问道。

菊子沉思道："食物已经吃得差不多，我有打算，暂时先回大森林再说吧！"

黄月沉默不语，过了好一阵。

菊子也不知想起什么，突然探问："你身上有没有竹简？"

"我在逃难时，竹简已经不知去向。"

红毛心里暗想，难怪你会迷失方向！菊子再将竹简递给黄月。黄月小心翼翼地打开，指着昨晚菊子最后画过的位置："你们的运气很好。如果我没有猜错，'歌地'就在前面不远的地方了。"

红毛和绿皮听到了，喜形于色。

黄月继续说道："从这里出发，向西北走，大约一天的路程后，就会看到远方的地平线上，有一座巨大而暗黑色的高原如城墙般矗立着。我们曾经到达那儿。可是，准备攀上高原时，遭到大鹫攻击。只剩下我幸运地脱逃。"

"怎么可能是前面？"菊子不太相信，黄昏时，前方的地平线仍是一片灰蒙蒙的沙地，完全没有山脉的迹象。

  豆鼠回家

"你还记不记得，破竹简上面的黑点？"黄毛反问。

菊子点头。它还记得为了那块黑点代表什么，自己和黄月激烈地争执过。菊子认为那是一座高原，黄月却怀疑，那是不小心沾到某类矿物的粉末所造成的污渍。

为了这事，在长老会会议时，它们争得面红耳赤，有段时间还不说话。而这一次寻找"歌地"，它们豪爽地接受任务，各自带队去探险，多少也想证实这块黑点为何。

黄月望着菊子，带着歉意说："我想你是对的。"

菊子点头，似乎表示理解。但它现在毫无胜利的感受，黄月遭遇的惊险，让它隐然感觉，前面有更大的困难。

黄月继续补充："虽然我未爬上高原，但我相信那块高原上面就是'歌地'。只是从这儿前去的路上，大鸳和白狐都不少，必须想个避敌的方法。"

菊子听完后沉默不语，心中怀疑黄月是否有其他用意。

绿皮和红毛都十分兴奋，红毛更是激动地叫道："我们还等什么，赶快上路吧！"

绿皮看菊子低头不语，知道它在谨慎斟酌。但这回它是站在红毛这边，遂欣然道："食物的量绝对可以支持到高原。"

菊子犹疑地盯着黄月："若要尽快赶到那儿，恐怕连白天都得赶路，你有把握吗？"

黄月虚弱地点头。

"你竟然还能撑到这里，也算不简单了。"很少夸赞队友的菊子，刻意拍拍黄月的肩膀示好。

黄月愣了一下，突然觉得这位个性好强的竞争对手，似乎因这趟旅行有所改变。但再细想，或许是自己的失败，让它产生同情吧？这一想，愈发觉得菊子的安慰不仅绵里藏针，还充满胜利的骄傲，突然让它不舒服起来。

菊子看黄月望着自己发怔，瞬间也有点不自在："那儿有水源吗？"

"我未注意到，可能没有。"

"整个豆鼠的未来，或许就在这一次的探勘，我就是死了也甘心。希望你能引领我们去那里。"红毛在旁慷慨激昂地插嘴。

黄月听红毛的语气如此壮烈，倒是吓了一跳，心想，自己的队伍里若有这样的勇士，或许就不会遭遇重大的挫败了。

菊子被红毛的豪气所催促，不再犹豫："好吧！你们若都要去，我也不便再坚持什么了。但我还是要再一次提醒，各位心里要有所准备，这可能会是一趟有去无回的旅行，我们所带的食物只够我们往前冲。如果前面没有森林就完了。"

其他豆鼠也意识到，此次有去无回的概率相当大。

"那么还是请黄月兄带头。我会嘱咐它们不准随便超前。"菊子话说得婉转，但还是隐隐暗示着，自己是整个队伍的领队。

"天快亮了，大家要小心天空是否会有大鸢！"黄月高声提醒大家，心里很清楚菊子也在提防它。

"黄月兄，如果太累了，我可以帮你背一些东西。"红毛体贴地靠过来分担。

绿皮却在后头捧腹笑了起来。

"什么事能让你这么开怀？"红毛不解地询问。

"没有什么，我只是想到，自己不在大森林时，会不会有别的豆鼠住进我的树洞？我不习惯别的豆鼠住过的家。"

"这事有什么好笑？"

"我笑自己怎么还在为这种事烦恼。明天还不晓得能不能活着，竟然还会想到这事，真是很荒谬！"

"好吧！上路了，不要说这些丧气无意义的话了。"红毛再次催促。

"等一下！"菊子在后头，突然出声喝止。

其他豆鼠愣住了，到底发生了什么事呢？

菊子从身上取出一根藤绳。

"你要做什么？"绿皮走近瞧看，发现不过是藤绳而已。

"昨天，我想到一个方法。等一下若是大鵟袭击，或许可以用一种方法脱身。"菊子一边解释，一边又抽出一根路边捡到的树枝，并迅速用绳子的一端绑在后头。"如果遇到大鵟，来不及躲避到坑洞时，不要慌张。我们全部拉着绳子跑，或者绕圈，会掀起大量尘土。大鵟飞下来，要捉我们时，一遇到尘土便无法有效地攻击。"

"嗯！好主意，如果早想到，其他同伴就不会……"黄月感伤地说道。

话未说完，它随即仰天长叹，然后头也不回地继续往前走了。其他豆鼠紧跟在后，依次是背着食物包裹的红毛和绿皮，菊子变成殿后了。

四只豆鼠排成一线，像爬行在空地上的小蚂蚁般的渺小，在起伏的沙丘上上下下。有了藤绳的避敌方式，它们不再躲躲藏藏，尽挑开阔的地方前进，速度遂增快许多。

绿皮虽然很兴奋，但也不免困惑："大森林豆鼠未来的命运，难道就这样背负在我们的身上？靠着少数几只豆鼠的冒死，就可以扭转吗？万一我们选择了错误的方向，或者真的找到了一个难以想象的空间，豆鼠的世界又会如何？"

绿皮也想到水源的问题，它觉得先前发现发芽的枝头一定跟水源有关，如果能再沿枯树林走，有可能遇见更多发芽的秃枝甚至水源。只可惜整支队伍继续朝开阔地前行。

红毛相当担心黄月的体力，不时询问黄月的状况如何。同时，又不断焦急地估算时间。若按黄月所说，应该快看到高原了，怎么连一点迹象都没有。地平线依旧云气叆叇。它恨不得丢下包袱，冲到那些云层的下方眺望。

正午的阳光愈来愈热，晒得它们有点吃不消，速度渐渐变缓。黄月的身子还未恢复，红毛的体力最好，干脆就帮它背负包裹了。又走了好一阵，依旧未看到高原。菊子开始怀疑是否走错了，但黄月坚持继续走。

到底谁是队长呢？菊子有点不快，随即想到，第一队的成员有好几位都很不错，先前也不知它是如何带的，竟把第一队带到一只都不剩！它觉得最好还是休息，硬是赶路，造成疲惫过度，只会带来更大的危险。

菊子愈想愈不安。更进而揣测，黄月是否会因失败了，便也不想让第二队成功，故意把它们带到同一个险境，让大家同归于尽？菊子正要发出命令，阻止队伍前进，突然间，发现地面有一道黑影急速移动过来。

"大鹭来了！"黄月大叫。

菊子也惊急地大吼："快点取出藤绳！"边说边取出来，带头便绕圈，拖出滚滚的尘土。

其他三只豆鼠听到了，慌忙地从背包取出藤绳和树枝，快速地跟着绕起圈圈。一时间尘土飞扬，像是山崩石落的场面。这招果然奏效，适才兴奋飞抵的大鹭，看到飞沙走石，果真不敢贸然飞下，但依旧盘旋于尘土上空，迟迟不肯离去。

大鹭虽不敢下来，豆鼠们却发现，继续这样跑下去也不是办法。菊子原本想趁着大鹭不注意，往枯枝里躲，偏偏附近没有先前屡见的枯枝丛了。而黄月已经体力透支，颓然坐倒在地面上，不仅无法绕圈，恐怕寸步也难行。

红毛向菊子大喊："这样恐怕不行，我们还是要往前移动。"

菊子气喘吁吁地问道："你可以背黄月吗？"

红毛信心十足地点头，依旧仗着自己有好体力。

"好，我们出发吧！我在左边，你们在中间，绿皮在右方！"菊子命令后，马上拉着藤绳往前跑。

红毛随即卸下包裹，嘴咬着藤绳，背起黄月跟在菊子右方。绿皮则帮它背起包裹。

大鹭看到它们移动，继续跟在上空盯梢。现在，它清楚地看到三个小黑点了。可是三个小黑点后面的尘土依旧困扰着它，它还是无法从背后精准地攫取豆鼠。可是，它的脑海马上浮升一个新主意，于是突然快速拍翅，飞向前方，准备从前面冲撞。

豆鼠们看到大鹭超前飞出，不免愣住，随即知道了它的目的，机灵地停在原地绕起圈子。让大鹭白飞了一段，不得不放弃刚才的策略。可是，它马上又想到另一个更好的法子，旁边刚好有一个略高的小丘，干脆就在那儿停栖，紧盯着豆鼠转，看它们能转到何时。只等豆鼠们累瘫了，再从容扑上去。

斗智到这里，豆鼠们发现整个队伍已陷入了一个极度危险的绝境。它们必须不断地绕圈，而大鵟却只要在沙丘上休息，等着它们全部累垮，就可以轻松地逐一解决。

"不能再这样下去，快点想一个解救方法！"绿皮大叫道，"我快撑不下去了。"

菊子神色凝重，不知如何回答。虽然其他同伴未怪它，但它心里却充满内疚，毕竟方法是自己提出的，现在总该想个破解之道。

绿皮眼看这样下去不是办法，突发奇想。它气喘吁吁地说："这样下去我们会全部给大鵟吃掉。我建议，我们之中有一位先跑，让大鵟追，把它引开。其他再跑，让大鵟不知所以。天黑时，我们再设法碰头。这是唯一的机会。"

"好主意！就让我来冒险吧！黄月兄麻烦你们照顾啰！"红毛兴致昂扬地唱和道，它一直对自己的跑步很有信心，想和大鵟较量看看。

菊子仍未吭声，无法下定决心。它很赞同红毛的想法，但又有一些不同的思考角度。或许这不是谁该先跑的问题，而应该是放弃某一位。如果黄月未出现，以它们的体力和速度，绝对可以脱离险境。它觉得应该和黄月沟通，以大森林的大局为重。

菊子愈想愈觉得合理。心意既决，正要阻止红毛，却大吃一惊地看到，有一只豆鼠已经率先冲出了。它来不及阻止！到底是谁呢？不是绿皮，也不是红毛，竟然是先前疲惫地颓坐在地面上的黄月。

黄月早就看穿菊子犹豫不决的原因，趁红毛放下它的刹那，故意奔向大鸢停栖的方向，这纯然是抱着必死之心的跑法。

眼看着它踉跄地往小丘奔去，绿皮和红毛当场愣在原地，不知如何是好。

等红毛意识到这一必死的悲壮，正想冲过去时，却被菊子拦腰挡住："没用了，它知道自己只会拖累大家。我们不要辜负它的心意，快跑吧！"

大鸢早已发现黄月奔离队伍，双目厉光一闪，兴奋地升到半空。就在菊子一行往另一个方向逃离时，它扑向了黄月。

菊子一行继续快跑。跑了一段路，还来不及回顾黄月的情形，远远地，又有一对大鸢自地平线升起。它们抬头看到时，手脚都发冷了！

"你们先走吧！换我来引诱它！"红毛顿时停下来，正义凛然地大吼，准备往另一个方向冲。

"不要傻了！这样不一定有用。"菊子生气地拉住它，大声叱喝道。

红毛依旧执意要跑，绿皮也赶过来拉住。

三只正争执不下，那对大鸳已经迅速飞至，它们闪避不及，只好将藤绳往上丢掷，设法干扰大鸳，但大鸳们并未受到影响。它们眼看大势已去，即将坐以待毙。

突然间，不知何因，狂风猛然吹起，整个荒原飞沙走石。它们大喜过望，随即趁着风沙的遮蔽，从容地挖地钻了进去，幸运地逃过一劫。

零　肆

　　暴风平息时，天色已近黄昏。

　　绿皮从土堆里探出头，眼看四下寂静，站起身，将沙石抖落，拍净。大鸢们显然被暴风赶跑了。它眺望着天空，被眼前瑰丽的景色迷住。地平线上，晚霞正把天空晕染成一片多层次变化的金黄色泽。风似乎已经跑到那儿，正在追赶着一些疾走的云彩。这景象若长年居住在大森林，终其一生恐怕无法目睹，它暗自赞叹着，即兴吟起一首短诗：

宁静而诡谲的金黄

记忆里一个最遥远的不安

伫立在无法返乡的路上

我和它结伴

　　黄月应该已经死了，化作这荒原的一部分了，或许这
景象就是为黄月而展现的吧！它默默地哀悼后，继续向四
周观察。

　　它巡视了一段夕阳已无法照射到的地平线，却吓了一
跳。就在远方漆黑的一隅，它似乎看到了一大片耸崎如山
峦的景观。莫非那里就是黄月说的高原？绿皮不太敢相
信。再揉眼睛，仔细瞧，山峦的轮廓更加清楚，它们真的
到达高原了！

　　"嘿哟！快点出来，高原到了！高原到了！"绿皮高兴

地大叫，蹦跳着。

其他两只豆鼠听到绿皮的欢呼声，迅速从沙石堆里翻出。红毛睁大眼睛，顺着绿皮指示，看到那远方黑色的山峦形状时，高兴地抱着绿皮，一起跳起舞来。

菊子没有吭声，坐在地面，望着白天前来的方向，似乎在为不久前黄月的牺牲而感伤。检视竹简，确定无恙，才走向它们。绿皮和红毛看到菊子面带忧容，遂停止了舞蹈。

"菊子，黄月已经死了，现在要面对事实，高原就在眼前。我们也休息够了，待会儿天一黑，就赶快出发吧！"红毛催促道。

"你们太年轻了，还不知道死亡的意义。不知道黄月为何要舍身。"菊子嘴巴虽这么说，但心里估忖着，自己可不会像黄月那般死法，什么都未留下。这一趟若失败，

或是遭遇不测，怎么也要留下竹简，让以后的豆鼠子孙知道这段事迹。

红毛在旁听着，还以为菊子说它胆子小，不服气地说道："我说过我来当诱饵的，只是它比我先冲出去。"

"不一样，黄月是抱着牺牲的决心，我都怀疑自己有无那种气魄，而你，你只是一股血气之勇罢了。"菊子严肃地向红毛说道。

"我不觉得这有什么差别，"红毛愤然争辩，转而回头问绿皮，"你认为如何？"

绿皮搔搔头，很为难，不知站在哪一边好："现在好像不是争这个的时候吧？"

菊子不理它们了，好像想起什么，兀自再取出竹简，把高原的位置画在上面。

"咦，我的包裹呢？"红毛突然发现自己的包裹不见了，"我在背黄月时，不是交给你了？"

"糟糕！我大概是弄掉了，"绿皮充满歉意，摸摸头，"好像连最后一袋水也没有了。我身上只剩这几颗扁豆了。"

"每次交代事情给你，都不知道你在想什么，"红毛气得把藤绳树枝一并摔到地面上，"都是这个烂东西害的。"

话一说完，马上就朝那黑色的高原走去。它借题发挥，其实也在生菊子的气。

绿皮顿足大叫："等一下！菊子，我们快点走吧！"急忙捐起自己的包裹，跟在后面出发了。

菊子再度望着黄月死去的方向，不免慨叹一声！黄月这回真的是输给它了。但它不想再如此看待，将来回到大森林以后，它还是会在长老面前报告黄月的贡献。如果没有黄月的指引，它的队伍根本不知道如何走到高原。黄月虽死，但功不可没，应该获得表彰。

黑夜赶路，白天躲在土坑里。高原愈来愈清楚，也愈来愈高大。又经过了一天，什么大鵟也未见到，它们终于抵达高原旁。

一道仿佛和天际连接一起的巨大长墙。但它们已无力气爬上去，因为一天未喝水，食物又剩下不多。它们拖着几近瘫痪的身子勉强抵达。

高原的山脚依旧是秃裸的岩石，几乎没有任何植物。抵达后，先四处寻找水源，结果一点迹象都没有。再不进水，它们的身体撑得住吗？能翻上高原吗？

红毛好渴，好失望，生气地躺在山脚，不愿意跟其他两只豆鼠说话，却又不知如何是好。

菊子则继续在竹简上描绘行程，对它而言，这似乎是意料中的事。它仿佛只在乎竹简是否能清楚记录它们的冒险过程和路线，未来如何走并不重要，能走一步就算一步。

绿皮要躺下来时，又看到了旁边有一株发芽的小树，它好奇地折断一根枝条试咬，再细细咀嚼，正是先前遇到的那种。

小树不止一棵，它试着循小树分布的方向往前。没几步路，绕个小弯，惊异地看到又有一株已经长出了三四片椭圆的肥厚小叶子。这是离开大森林以后，看到的最漂亮的树了。

更往前，这种小树又逐一出现，竟然有三四十来棵，难道这里就是"歌地"附近了？它正起疑，又一个转弯口，发芽或长叶的小树已经不再，都是枯枝的景观了。期待着能发现水源的希望落空了，向来乐观的它，不免颓坐在地上，呆望着树枝。

绿皮呢？红毛躺了一阵，发现绿皮失踪，急忙起身，循着刚才它离开的方向走去。

它也注意到了那株发芽的小树。接着，又惊讶地看到几十株。它望着前面的转弯口，看见绿皮正面对着小树群，还在愉悦地哼歌呢。

"什么时候了，你竟然还有心情唱歌？"红毛咕哝道。

看到红毛走近，绿皮愈加得意地吟咏着：

> 大部分的梦无法具体
> 只好以肥厚的绿色叶片
> 站出整个沙地的希望

"老天，什么时候了，还敢吟诗。你是怎么被选上的？请认真面对事实，快点想办法解决水源和攀爬高原的问题吧。"红毛再次斥责绿皮。它向来讨厌作诗，看到绿皮又在那儿卖弄，更是不快。

它和菊子都认为，大森林就是被一些只会吃，还有一些整天没事写诗、屡屡在装忧郁的豆鼠所搞坏的。晚近大森林才有规定，像诗这种颓废又堕落的东西，只能在少数集聚的小空间，譬如山洞或草窝里，一小群地讨论吟诵，绝不能在公共场所，免得传染给年轻豆鼠。

"你难道没看到我手上的东西吗？"虽然好不容易有

了随兴朗诵的空间，绿皮还是不好争辩，转而摇晃手上的东西。

"这是什么？"红毛好奇地接过去细瞧。

绿皮洋洋得意道："眼前这种小树的块茎。"

"做什么用？它能吃吗？"红毛取过来，捏了一下，随即缩小，扁皱成更小块，可是表皮却渗出许多水滴来。红毛大惊，"这是……"

"没错！这种植物的块茎可以储水，这是它能在荒原维持生存的方法。"

"能吃吗？"红毛在乎的还是这个。

"刚刚试过，还不错。"绿皮说着，又把块茎取了过去，用嘴吸吮了起来。

红毛有点犹豫，但看到绿皮舔吮得十分畅快也就顾不得了。抢过来，猛力吸食，没两三下，那块茎已经被它吸得扁皱。绿皮又自另一棵树挖出一颗。两只豆鼠吸吮得开怀大笑。

它们再将剩余的块茎带回去给菊子，喜滋滋地向它报告。菊子听完露出难得的笑容。

接着，它们把剩余的扁豆分成三份吃完。但实在太累了，必须小睡一阵，才能有充足的体力攀爬。

决定后，菊子和绿皮倒头便酣然大睡。红毛睡没多久便惊醒过来，它是被绿皮如雷的鼾声吵醒的。它原本还想再睡，但想到再过一会儿就要爬上高原，进入"歌地"，就辗转难眠。不久之后，它们就可以光荣地回到大森林了。这是多么至高无上的荣耀，从小有记忆以来，在大森林，有谁曾立过这样辉煌的功劳呢？

等回去以后，它无疑就能接受表彰，说不定还能以最年轻的身份进入长老群，受到其他豆鼠的尊敬。但待会儿无论如何要特别小心，那可能是最危险的一段，如果在天明以前，没有爬上高原，大鵟来了，恐怕连溜走的机会都没有了。

红毛为此竟有些忧心，再也睡不着了，来回寻找着适合攀爬的地点。

"从哪个方向爬呢？"绿皮醒来时，首先想到的也是这个问题。眼睛所能看到的几乎是垂直耸立、不见顶端的高大崖壁。它有点怯意，不禁打了个冷战。

红毛未发现适当的地点，可是一点也不在乎。虽然体力状况不甚好，但它的斗志相当高昂。"'歌地'！我来了！"它在心里兴奋地默喊道。

没多久，菊子也醒来，把小树的位置记录好。它也悬挂着攀爬之事，酣睡一阵便乍醒，之后半睡半醒，并未睡好。红毛和绿皮都望着它。菊子也不说什么，当下毫不犹豫便决定，就从眼前的山壁爬升。红毛依旧率先上去，绿皮殿后。出发前，它们挖了块茎，各自带了一颗，以及攀爬用的藤绳。

一路上，山壁既秃裸又陡峭。它们难以找到一个适合休息的位置，更遑论躲藏。这样的环境让它们一路充满莫名的恐惧，加上先前黄月曾说过大鵟会在黎明时来攻击。它们攀爬的速度不知不觉加快许多。但爬不到半小时，体力都渐感不支，连红毛都有些喘不过气。还好，上去一点后，终于有稍微突出的空间，可容伫立、休息。

只是山壁愈来愈险峻，顶端仿佛仍很远。红毛开始怀疑自己是否能够登上高原。它等了好一阵，队友才辛苦地爬上来，接近它。它们似乎筋疲力尽，无法再往上了。

眼看日出迫临，一刻也不容耽搁。红皮自忖体力尚可，或许可一鼓作气，先冲上山顶，再想办法拉它们上来。随即，向绿皮和菊子说道："你们把藤绳都给我。我先上去，找个固定的地方绑绳子，再放下来，让你们拉绳子上来吧！"

红毛说完，取得它们的藤绳，便率先攀上去了。

过了好一阵，菊子和绿皮仍未听到声音，有些疑虑，正要往上大喊，一条藤绳已经贴着峻峭的岩壁垂下。菊子和绿皮大喜过望，兴奋地拉紧藤绳攀上去，怎知那只是中途，离山顶还有一段距离。

红毛再度捐起藤绳，又先行出发。就这样重复着，一段又一段地向上攀。终于，它们依稀感受到明亮色泽。也不知那是天明，还是崖顶的光亮，或者两者都有。它们只是麻木地继续攀爬，无从分辨两者的差异。

阵阵冷沁的寒意袭来，不仅风干了它们的身子，更让它们的爬行愈加吃力。爬在前头的红毛最辛苦了，它必须不断地搓揉双手生热，方能灵巧地抓紧藤绳，在前面探路。它暗自渴望，希望白天时，天气暖和些。如果上面的高原也那么寒冷，纵使爬了上去，恐怕也会冻死。它回头看东边的天际，天色已近鱼肚白了。

又不知过了多久，红毛继续死命地往上攀，累得不知周遭有何动静，只是一味往上。若有大鹭出现，绝对可轻易叼走它。

它仍不断地伸手寻找固定而突出的石块或树茎。终于，有一回，它手拉高，什么都够不着，没东西可以抓了。它似乎摸到一块较为平坦的台地。它奋力顶蹬，心里不禁兴奋地期待："我到了！"

菊子和绿皮抬头，似乎看到红毛已经上了最高点。怎知上去后，却未再发出任何声音。它们不免担忧，是不是有什么不对劲呢？等一条藤绳再度放下，它们宽心地爬上去后，却傻住了。

眼前的光景比先前旅途的荒原更加粗犷。荒原偶尔还有枯枝堆，这儿似乎连一根草木都无法生长，都是粗大的硬石砾层层堆叠。它们站立的脚下，是一块铁锈色的大地，砾石遍布。有一种洪荒诞生，或世纪末日的苍凉之感。总之，它们所能想象的地表最坏的情境，就在脚下展开。

"怎么会这样呢？不是应该有林子吗？"早就呆立的红毛，继续喃念着这句话。

"我不该相信黄月的！"菊子苦笑，坐下来，取出竹简，画了一个枯骨的形状。

绿皮走到红毛旁，悄声说道："唉！令人充满绝望的颜色。"接着，它又搔头、抚肚，"肚子好饿。"

"你居然还能苦中作乐。"红毛捡起一块石子，奋力投向高原下的荒原。

"不乐观一点，这趟冒险会成为太重的包袱。"绿皮无

奈地耸肩。

"说的也是！"红毛不知如何是好，叉腰答道。

其实，绿皮比较苦恼的是，忘了背更多小树的块茎上来，这一想，又不自觉地摸着饿了的肚皮："如果现在有十颗新鲜的扁豆，我也能全部吞下去。"

菊子听到它们的对话，不爽地咕哝一声："你们这些年轻的豆鼠光是想到吃，肚皮愈来愈大。森林就是被你们这样吃掉的！"

红毛知道它主要是在批评绿皮，只是用词不当，伤到了它，不免有些不快，却见绿皮偷偷在背后装鬼脸。

太阳已经爬升到高原上了。它们享受着一股阳光的暖意，稍感一丝安慰和舒服。

方才菊子教训的口吻，仍让红毛耿耿于怀。它捡起石块准备往高原下丢掷。突然间，看到日出的方向正好有一个黑色的身影，正朝高原悬崖缓缓盘升。

红毛颤声道："糟糕！大鸳又来了！"

其他两只听到了也浑身发抖。高原地面的石砾太硬了，它们无法挖地洞躲藏。趁着大鸳还未发现，它们小心翼翼地排成纵队奔跑，还生怕踢起任何尘土。但那大鸳的眼睛是何等犀利，从老远的天边，就清楚地看见它们的动静。拍了两三下翅膀，已迅速抵达高原上空盘旋。它们急得不知如何是好，只能绝望地继续向前奔。

大鵟何等精明，似乎知道豆鼠已经无处可躲。第一次飞下来时，故意在它们头上哗然掠过，掀起一阵巨风，惊吓它们。等第二次飞降，再故意惊吓时，豆鼠的行列便乱了，各自慌乱地奔跑。

这下子，它可以轻松地一只一只解决。第三次，大鵟再绕回，便对准了脚步踉跄的一只扑过去。

大鵟扑杀的是菊子。它轻轻地用强而有力的爪子攫取，菊子毫无反抗能力地被它抓起。绿皮和红毛停下脚步，绝望地回头看时，大鵟已经要往上飞。然而，一个不可思议的奇迹发生了。

十来颗石块，从绿皮和红毛头上横飞而过，直朝大鵟身上笔直射去。大鵟被其中的一颗击中翅膀，非常痛苦，不得不双爪一松。菊子猛然掉落。这时，石子又陆续飞来好几颗，害得大鵟慌忙地拍翅远离。

红毛和绿皮可没想到，天下竟有这等奇事出现，素来无敌的大鵟竟然被打得落荒而逃。

绿皮急忙跑向菊子掉落的地方。所幸菊子只是被大鵟抓起，尚未遭受利爪撕裂、戳刺，反而是刚才从空中的摔落，让腰部和腿都跌伤了，背也严重擦撞，奄奄一息地躺在地面上。

红毛非常惊讶刚才那一幕，马上转头观察掷出石块的地方。赫然发现，一群奇怪的动物正向它们缓缓围拢过来。

　　红毛和绿皮守护在菊子身边，紧张地注视着这群逐渐缩小包围的动物。

　　它们显然也是豆鼠，不同的是，清瘦许多，一看即知不是大森林的豆鼠。这些豆鼠身上都携带了造型奇特的枯木和绳子。刚才在天空击中大鸳的石块，显然是从它们身上的这种武器发射的。

　　这时围拢的豆鼠里，有一只大步走了出来。它的耳朵明显地缺了一边，看来像是整支队伍的首领。它凝视着红毛和绿皮，忍不住扑哧笑了："好大的肚皮！"

　　绿皮和红毛愣怔之时，它还好奇地把手伸到绿皮的肚皮上，摸了一下。又想摸红毛的，但看红毛双目厉芒一闪，才不敢造次。

缺了一只耳朵的豆鼠随即正经八百地问道:"你们是从哪里来的?"

它问话的声音略为高昂,让红毛觉得对方的问话太直接了,充满挑衅与不屑,遂不甘示弱地反问道:"你们呢?"

"大森林!"绿皮怕红毛跟它们起冲突,急忙抢答道。绿皮发现围拢过来的豆鼠们,不仅肚子小,动作也相当轻巧,不像它和红毛都像一个肥胖的扁豆一样。

"大森林?噢,有这样一个地方?不是已经只剩下废墟了吗?"那只豆鼠疑惑道,然后,再仔细地打量它们两个,似乎仍在注意肚子。

红毛认为这只豆鼠的问话分明已侮辱到大森林和自己了,于是握紧拳头,准备挥拳揍它,所幸绿皮箭步向前,及时拦挡。

绿皮发现,对方虽是豆鼠,口音却比较低沉。没想到除了大森林外,这世界上还有其他豆鼠存在。会不会是"歌地"来的豆鼠呢?正想开口问"歌地"的事,红毛已率先出口。

只见它推开绿皮,大喝道:"废话少说,你们到底要干什么?"

"你们不感谢我们，居然还出言不逊！"那只豆鼠不甘示弱地瞪着红毛，两边似乎卯上了。两只站在一起，明显地就看出红毛身材远比那只豆鼠大了许多，可是那只豆鼠身上还持着一把尖尖的武器，如果打起架来，红毛还是吃亏的。

两边起冲突时，又有一群豆鼠围了过来。其中一只豆鼠气咻咻地闯进，站到红毛和那只豆鼠中间，横摊着手，摆明了不准打架。

它大声威吓道："缺耳队长，这次是我带队，请你退下，由我来处理。"

那叫缺耳的愤恨地瞪了红毛一眼，很不情愿地退回队伍里。

没想到那只豆鼠真叫缺耳，绿皮不禁捧腹笑了起来。

"你笑什么？"挡在中间的豆鼠不解问道。

"噢，我笑你们的肚皮很小，我们的却很大。"绿皮随便找个理由解释。

"我叫青林，请问你们从哪里来的？"新来的豆鼠先自我介绍，试图化解红毛和绿皮的敌意。

"不是跟你们早说过了吗？大——森——林。"红毛不快地逐字念给它们听。

"啊！大森林！没想到它真的还在？"青林脸色大变，再仔细端详了绿皮和红毛的样子，未再追问下去，反而走到菊子面前检视。菊子依旧未清醒。青林又开口了："还好只是一些挫伤，不过，还是得休息个三两天。"

青林决定邀对方同行："要不要跟我们一起回米谷？"

"米谷？"绿皮和红毛面面相觑，不约而同地怀疑，莫非那就是它们寻找的"歌地"？

拯救它们的豆鼠将菊子放到一具担架上，由四只豆鼠扛着走。这支部队朝高原的西边出发了。

"你们住的森林是不是叫'歌地'？"绿皮迫不及待地问道。

"'歌地'？没听过，"青林回答，"先谈谈大森林吧，那是个怎样的地方呢？"

绿皮一口气便把大森林的情形和自己一路的冒险都讲给青林听。

"难怪你们的肚子会这么大！"青林笑得十分开心。

它简单地把米谷的情形告诉了绿皮和红毛。原来青林居住的森林就在高原尽头，还需要走一天的路程。至于，那座森林是否就是绿皮和红毛所认定的"歌地"，青林并不甚清楚。住在这座森林的豆鼠们，通常称呼自己的森林叫米谷，又称自己的族群为高原豆鼠。

青林还告诉它们，米谷也是由一群长老统治。但米谷的森林太小，扁豆有限，它们除了吃扁豆外，还发展出吃其他副食品的方法。最近它们怀疑高原东边也有适宜这些副食品生长的环境，遂试着前来探勘。

只是高原附近的大鹫和白狐数量非常多，高原豆鼠常遭攫捕。它们出门时，一定会随身携带武器。这些武器都是高原豆鼠发明的。刚才，它们投掷大鹫的发射器，便是一种用木枝制作的弹弓，近距离时可以把大鹫打伤。通常高原豆鼠的身上还背了一支尖刺，那是长而坚硬的木枝削成的，用来吓阻白狐的侵袭。

每次出来探勘或采集食物的高原豆鼠都是年轻力壮的，身上不仅携有装食物的器物，还带了各种武器。每支队伍都有一名资深的队长带队。队伍前进时，前方会有一两名探哨引路。

青林一群便是出来探勘，正在返家的路上，途中遇到了刚好从北边带队过来巡逻的缺耳，两队遂结合在一起。

中午，豆鼠们弄了一些高原采集的食品，请绿皮和红毛吃。那是一些绿色的叶子，以及一堆新鲜的块茎。有些叶子绿皮也熟悉，可是过去未曾在大森林吃过。看到高原豆鼠吃得津津有味，它也试着吃了。红毛却很害怕，除了扁豆外，它跟大森林的多数豆鼠一样，对任何植物都感到疑虑，而且无法适应。它宁可忍耐，再饿个一天肚子，准备抵达米谷后再去找扁豆，好好享用一顿。

"高原周遭植物稀少，你们是从哪里采集的？"绿皮好奇地问道。

"你吃的块茎是凭经验前往一些较潮湿的地方挖掘的。这些叶子是用绳子垂吊到崖壁摘采的。"青林耐心地解释。

"我们上来时倒是没有注意到。"绿皮惊讶道。

"你们上来时天色还未亮，自然看不清，何况季节不对。雨季时，山壁就有很多了，现在比较难采集。"

"雨季！"绿皮听到这一个字眼，不免竖起耳朵。大森林近年来雨水不多，经常干旱，听到"雨季"不免感到好奇。

"雨季通常在接近冬末初春时，各种野菜都是在这时发芽，这时采摘最适合。我们也将交配繁殖的季节限定在春天。这样怀孕的母鼠和幼鼠都可以吃到比较好的植物。"

"这点我们很像，大森林为了控制豆鼠数量，现在也有生育的限制了。"绿皮兴奋地说。

走到半途时，红毛有点后悔未吃东西了。彻夜的攀爬更让它四肢乏力，一直昏昏欲睡。红毛自然也没兴趣和它们讨论块茎或叶子。但它仍机警地注意到，绿皮和青林聊天时，缺耳始终保持在不远的后头，夹杂在其他豆鼠间，不断地观察它们的一举一动，似乎有什么企图。

缺耳的举动让它很不安，怀有不祥的预感。更何况，刚才缺耳和青林之间明显有一种冲突，缺耳显然在顾忌某些事，才隐忍下来。还有，即将到达的米谷会不会是"歌地"？它的期待变得复杂起来。

绿皮和青林聊过一阵，正要回头看菊子的情况时，突然听到一声高昂、尖锐的鸣叫。豆鼠群里爆发一阵紧张的骚动。它们纷纷抽出尖刺，很快地排成三四层圈圈。尖刺都朝外头露出。青林则向红毛和绿皮叫道："快跟没有拿尖刺的豆鼠，躲到圈圈里。"

青林也随着它们进入圈圈里。高原豆鼠全蹲下来等待。那高昂的声音继续传出。

"这是什么动物在发出声音？"绿皮好奇地问道。

青林指着天空，天空正有三四只黑色的小鸟不断拍翅抖飞，在持续高昂地鸣叫。"那是什么鸟？"

"黑云雀！"青林说，"一种生活在高原边的小鸟。每次归途听到黑云雀的声音，就知道家快到了。"

"它会攻击我们吗？"绿皮对这种小鸟的能耐很感怀疑。

"不会，它是我们的好朋友，正在通知我们白狐来了。你看！"青林指向北边的一块小土坡。

绿皮望向青林手指的方向，果然，那小土坡上有三四只白狐正朝这儿虎视眈眈。它们灰白的银毛在夕阳中泛着流光，绿皮不自觉地因害怕而退后。

"不用怕，它们不敢下来的。"青林安慰它。

"为什么？"

"它们会顾忌这些尖刺。更何况，我们已经准备好战斗，它们不会贸然偷袭。"

"假如它们来三四十只呢？"绿皮怀疑这种尖刺的功效，不死心地追问道。

"我还未见过这种情形。白狐通常都是三四只小群活动。它们在高原可以觅食的食物不多，组成大团体不如小团体来得机动，获得食物的概率也大。"青林很详细地解释，"我们和它们对立多年了，非常了解它们的习性。同样，它们也十分了解我们。更何况，有黑云雀通知我们，如果来的是大团体，在还未到来之前，我们早就溜走了。"

"这些黑云雀为什么对豆鼠这么好？"

"这是共生，互相得利啊！我们采集植物，驱赶许多飞虫让它们捕食。相对地，它们帮忙在天空警戒，让我们能安心地工作。"青林特别介绍这种动物和动物之间的共生方式，"可是，黑云雀数量不多，多数只栖息在这个高原边的草地，其他地方较少见到。所以我们的采集也尽量集中在高原的这一区。"

经过青林的解释，绿皮恍然大悟，不禁对高原豆鼠感到钦佩起来。它发现，为了在这个恶劣的环境生存，高原豆鼠们发展出不少大森林豆鼠所没有的生存技巧。

没过多久，那一群白狐看到豆鼠们依旧严阵以待，自知无趣便离开了。

白狐离去后，它们继续上路。天还未暗时，它们已抵达高原的另一处尽头。

"下面就是我们住的米谷了，两位请看！"青林指着下方的山谷。

绿皮和红毛从那儿俯瞰下方的谷地，一片美丽浓绿的森林，依傍着一条溪流，蓊郁地生长着。看来比大森林小了许多，但似乎更加繁茂，而且充满强大的生命力。这是绿皮的直觉，但它也想，应该是一种初看的错觉吧！如果大森林有一个可以俯瞰的位置，或许更加美丽吧！

天色已暗，下坡还要一段时间，青林下令队伍在高原尽头过夜，明晨再缓步下山。

隔天清晨，它们才沿着高原的斜坡走下去。一路上，它们看到许多高原豆鼠，分散在斜坡上，采集着块茎和叶子。而一些较平坦的小高地，也有黑云雀集聚着。愈下抵山谷，树木便愈多了起来。

挨饿一天，红毛特别高兴，因为它又看到扁豆了，而且是新鲜、光亮的扁豆。青林还特别要了一颗，让它痛快解馋。它因此对青林才有了好感。

它们踏上出入米谷时必经的木桥，那桥跨过了从高原俯视时看到的溪流。许多豆鼠出来观看它们。接着，沿溪边的林路走，溪边设有许多预防干旱用的蓄水池，以及打水的水车。最特别的是，林子里的扁豆并不如大森林的丰富、密集，三四棵树才有一株。它们觉得还是大森林的扁豆比较肥美，这儿的比较青绿而无光泽。

青林特别向绿皮解释："我们是故意砍伐掉的，避免太多的扁豆造成大树的负荷。我想你们的肚子太大，可能和吃太多扁豆有关。在这儿，不妨多吃一些其他植物，肚子小一点，遇到危险就跑得快了。抵抗大鹫或白狐也会比较有信心的。"

"大肚子也有好处的。"红毛才不相信高原豆鼠能跑得比它快,急切地反驳道,"至少在高原的晚上不怕冷,背的食物也比较多。如果有兴趣,我也可以和贵地的豆鼠较量一下长跑。"

"哈!哈!你可不要激动。改天有空,我会安排的。"青林大笑,"等一下,大泽正在忙。安排你们去见大泽之前,我也想先带两位去看一样东西,你们看了一定会很激动的。"

"大泽是谁?"红毛抢问。

"发明水车和维护这个森林资源的英雄,它相当受米谷高原豆鼠的尊敬,现在是整个米谷最高阶的治理者,肯定也是未来的长老之一。"青林肃然地说。

"你要安排我们看什么东西?"绿皮好奇追问。

"见到了再说。"青林故作神秘。

零柒

豆鼠们的队伍已经解散，各自回林子里的树窝休息，缺耳更是进入林子后就不见踪影。菊子被抬进一处大树洞里疗养。它们在那儿又休息了好一阵后，青林才来带它们。

它们再到处走逛，接近黄昏时，抵达了森林的另一端。在那一端的尽头，绿皮和红毛又看到了和大森林周围一样的荒原。米谷显然比大森林小了许多。接着，青林带它们步入一条幽雅的小径。那儿栽种的树木显然经过特别修裁，非常整齐。

随即，它们来到一处空地。空地中央竖立了一座相当巨大而古朴的石碑。那石碑看来庞然、浑厚，散发着浓郁的肃杀气氛。它们一接近，便有着说不上来的压迫感，久久都无法摆脱。

青林把绿皮和红毛带到大石碑面前："喏，你们有没有被吓到？"

绿皮连忙点头，很惊讶，一块没有生命的石碑，怎么会有这样庞然的感染力。

"看这个做什么？"红毛同样有这种压迫感，却装作若无其事。它走近细瞧，发现那石碑上面刻了一些奇特而古怪的图案。

"好奇怪的图案！"绿皮也靠过去细瞧。

"奇怪，难道你们不认识吗？"青林有点惊讶。

红毛和绿皮再仔细瞧，那似乎是一张地图，大森林比现在大几十倍，高原仿佛被包围，而在地图下方，米谷隐然跟这座大森林还有些连结。最右下角则画了一只豆鼠，尺寸和真实的一模一样。可是那只豆鼠说胖不胖，却比高原豆鼠们丰腴，但比大森林的又小了一号。

绿皮一看这大石碑之图，约略明白它的用意了。很显然，高原豆鼠一直知道大森林和另一豆鼠族群存在的事实，只是不知道对方现况如何。但它仍有所不解："这石碑是谁建的？"

青林摇头："很久以前的豆鼠吧？大概是大森林最辽阔的时候。这块石碑应该是那时的豆鼠竖立的。它竖立在这儿的意义很重大，一方面是向其他动物宣告豆鼠统治的森林领域曾经到达这儿。同时，也向其他动物警告，不能随便进来。从这块大石碑，我们也很清楚，当年豆鼠统治的森林有多么大，这儿是森林的西界。据说，它的东南西北各有一个，但目前只发现这一个。我原本以为，大森林应该也有一个。"

红毛和绿皮都没有听任何长老说过有关任何大石碑的事，也不曾见过任何遗迹。但红毛听祖父说过早年大森林的辉煌事迹，那是一个伟大的时代，豆鼠不断扩建森林，把白狐和大鸮赶到很北的地方，让它们困窘而局促地生存着，难以威胁到豆鼠的生活。豆鼠生活在一个快乐、和平而富庶的时代。是的！大石碑无疑就是在那时候兴建的，它非常认同青林的看法。

"建造这样大的石碑，大概需要很多的豆鼠才能完成吧？"绿皮神色凝重，面对这个大石碑，压力始终未解除。

"嗯，传说当时动员了好几千只豆鼠参与。但没有亲眼看见，有时实在无法相信。"青林说。

"不可能吧？为什么要那么多？"红毛怀疑。

"有可能的，因为这种制作石碑的大石块，米谷森林本身并没有，无法就地取材。豆鼠们必须到高原上寻找。

我们现在光是看这块石碑的高度，就不难想象当时要花多少豆鼠的力量，才能运到此地。然后，再砌凿、绘图、立碑。它凝聚了众多豆鼠的智慧和血汗，无疑是豆鼠重要的文化遗物了。我们把这儿当作圣地，了解祖先的辛苦，提醒自己的出处和现在的状态。"

"如此说来，要完成这样巨大而没有什么实用价值的石碑，而且需要花费这么多豆鼠的力量，当时的豆鼠社会恐怕要比现在专制才有可能。"绿皮感叹道。

红毛深不以为然，马上反驳绿皮的推论："你不要胡乱推测。建大石碑跟什么专制有何关系？再者为什么说不实用呢？它明显是向其他动物宣示领域，具有提振豆鼠士气的功能。我想，好几年扁豆的丰收，都不一定有这个意义来得大。相信当时决策的豆鼠一定深知这种教化的意义，也清楚石碑坐落成功对豆鼠们的精神影响，才会大力兴建的。"

"其实，绿皮说得也不无道理，你们不要以为石碑附近的林子比较稀疏是我们做的，当时为了这块大石碑的竖立，附近不能有其他大树遮挡，所以旁边的树都被砍掉了。整个米谷里，就这儿缺少大树。"

青林这一解释，红毛闷不吭声了。它想："奇怪，帮

你们的森林说话，你竟不知感激？"

绿皮赶忙转了话题："光看这块石碑的造形，以及图案的线条，就能明显感觉一种雄浑，我若没有猜错，当时豆鼠的审美观一定不同于今日。那应该是一个大家的个性都很大气的时代。"

"大气？"青林似懂非懂。

绿皮搔头摸肚皮，不好意思笑道："噢，这是我很喜欢的词汇，就是什么都可以包容。"

"大森林的豆鼠们看到这块大石碑一定会很激动的，一定会的！"红毛也在旁附和。

它们静默地看了好一阵。这时夕阳的余晖照射过来，把大石碑的庞然以及森林的阴郁投影在它们身上。绿皮觉得那沉重的压力又猛然袭拢了上来。

突然间，外头的林路上响起了一阵喧哗声。它们回头看，一队全副武装的豆鼠正要离开大森林。队伍里，有一只豆鼠走了出来，向它们打招呼。原来是缺耳。

"怎么马上又要出去了？"青林不禁疑惑道。

"将军有要事，我必须赶去，"缺耳笑眯眯地看着红毛和绿皮，"两位有没有兴趣到北方走一趟啊？"

"我安排它们要去见大泽！没时间了。"青林抢答道。

"好吧！我只是说说而已，后会有期了！"缺耳带着诡异的微笑，领着那群豆鼠，转身离去。

"它说的将军是谁？"红毛问道。

"喔，它说的是紫红将军，在米谷，它和大泽是最有影响力的豆鼠。大泽负责森林的管理和农作，紫红将军负责拓宽疆土的工作，很多年轻的豆鼠都很崇拜它。"青林狐疑地望着缺耳的背影。

"拓宽疆土？"红毛的眼睛为之一亮。

"对，我们还在试着扩大森林的面积，紫红将军带了一群豆鼠士兵在北边荒原种植树木，这是赶走白狐和大鹫一劳永逸的方法。"

红毛惊呼："大森林就是需要种植，而且必须有领袖带头驱赶白狐和大鹫。我们就是缺乏这样的首领，大森林才会没落。我们或许该从它这儿学习一些本领。"

青林无奈地苦笑："会的，你们不久就会遇到的。大泽和紫红，你们都会遇见的。"

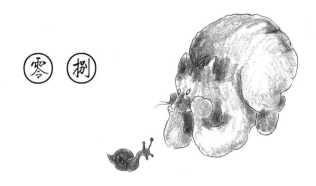

零捌

到底大泽的脑筋里在想什么？米谷的豆鼠们恐怕没有一只能够清楚。它们只知道，大泽总是能未卜先知，判断出未来森林的趋势。

它就像豆鼠历史中最具有才干的管理者，懂得如何把森林治理得非常有效率。诸如，筑塘堰蓄水，灌溉森林；采集其他植物的果实和叶子，研发出诸多副食品。这类扩充食物多样的政策，让小小的米谷始终能保持盈裕的食物，从不担心匮乏。高原豆鼠们论起大泽时，都充满钦佩，经常津津乐道其丰功伟业。

听了青林不断地盛赞大泽，红毛和绿皮愈发想快点见到这位米谷杰出的智者。它们想象中，这位聪慧的豆鼠，大概是住在高大而深邃的大石窟，或者大树洞里，不意竟是和一般高原豆鼠相似，住在普通的小树洞里。

不同的是，大泽的树洞里悬挂了好几张米谷的地图。每一张地图看来似乎都有它的用途，此外就是一张很大的木桌。大泽似乎就是镇日在这张木桌伏案思考，规划米谷的诸种问题。

　　它们来到米谷的消息，很早就有豆鼠告知大泽。当青林陪它们抵达时，大泽已等了好一阵，而且显然知道它们去看过大石碑了。

　　大泽开头第一句话就直截了当地提及那儿："你们去看过大石碑后，感受如何？"

　　"有一种说不上来的美感，这样宏伟的石碑现在很难制造出来，以后恐怕也没有这样的豆鼠资源了。我们大概也不容易回到那个年代了。"绿皮直觉回答，对大泽毫无戒心。

　　"另一位呢？"大泽转头问红毛，特别细心打探这个身材更加壮硕的大森林豆鼠。

　　"我相信您要的绝不是这个答案。"红毛信心满满。

　　"噢！"大泽不禁竖耳，"请问你的高见。"

　　红毛昂然答道："我很感动，如果大森林的豆鼠看到这个石碑，一定会非常兴奋。"

　　"噢？怎样的兴奋？"

"让我们更具体地感受过去的光荣时代，我们应该会有一个更伟大更应该去实践的目标，而不是整天担心森林的毁灭。大森林豆鼠现在就陷入这种情结。"红毛可不管对方了不了解大森林，滔滔不绝地将自己认为的大森林问题全掀了出来。

"好远见！"大泽称赞道，"但是要怎样去实践呢？"

红毛沉思了一会儿："譬如说，我们这次的任务吧！原本只是来寻找'歌地'的。我想米谷，应该就是我们传说中的'歌地'。过去，我一直认为，找到了便将讯息带回去，这样以后就能相互联络、移居，延续种族。可是，现在却觉得这样的做法太不积极了。"

大泽瞪大眼，继续聆听。

"当我站在大石碑前，突然有一种顿悟。我们应该更积极主动地，努力恢复过去的传统光荣。过去的豆鼠做得到的事，我们应该也可以。如果能够把米谷的经验带回去，相信一定能让大森林的豆鼠体悟一个重要的启示，大森林的豆鼠不能再拘泥于原地，应该学习它们的祖先，设法把白狐和大鸢消灭，或者赶走。"

"嗯，不错的想法，但做起来恐怕不容易吧。"大泽叹道。

"是啊！我也这样认为，"绿皮很赞同大泽，"大森林的豆鼠生活习惯都已经定型了，怎么可能会随便听我们描述'歌地'有一块大石碑，上面刻着过去豆鼠的统治范围，然后就要它们改变生活习惯，甚至去恢复一个它们从未见过的伟大时代。"

"我们可以将栽植的技巧和采集副食品的概念都带回。"红毛心里不服，继续答辩。

"你一路上都不敢吃，如何叫自己的同胞相信。"青林在旁笑道。

红毛不吭声了，心里头却愤怒地嘀咕："青林，你插什么嘴呢？"原本对青林的好印象，顿时又消失了。

"青林说得没错，纵使你能把米谷森林的知识传回去，但过去的光荣传统，你如何只用口说的？谁会相信你，愿意冒这么大的风险？"大泽也说了。

大泽这一说，红毛不再搭腔。毕竟这是事实，如何把大石碑的内容告诉大森林的同胞呢？只复制一张地图，说服得了谁？恐怕那些故步自封的长老都不可能接受，除非让它们亲眼看到大石碑的样子。但相隔那么远，如何让大森林的豆鼠看到？红毛想到这里就有些气馁。

"你们的肚子这么大，显然都是吃扁豆的结果。在这里住时，如果多吃一些副食品，肚子应该会小一点。"大泽笑嘻嘻地说道。

为什么每一只高原豆鼠都要特别提起它们的肚子？红毛非常不高兴，肚子大又怎样呢？又回到最初的问题了，它就不相信高原豆鼠会有哪只的力气比它大。

大泽注意到红毛生闷气的样子，转而避开话题，继续笑吟吟地，聊一些大森林的生活情形，结果都是绿皮在答复。

红毛觉得这个见面已经很无聊，希望快点结束，赶紧去探视菊子。

"在这儿居住时，学习一些栽种植物和采集的技术吧！也许日后回大森林很管用呢！"大泽倒是始终很和蔼地对待它们。最后，走过来拍它们的肩，准备送客。

红毛的失望也不只是和大泽对话无趣，它一点也看不出大泽的远见，或任何被高原豆鼠称许的智慧。它看到的只是一只跟大森林的长老们一样，甚至更世俗、保守的豆鼠，专爱比较两边的生活琐事。勉强可称许的优点，只是还有些小聪明，研发了一些东西。

红毛和绿皮回到树洞时，菊子已经醒来，而且正忙着在竹简上记录事情。先前，它还努力站起身，走到洞口旁的小溪边，观看了一下周遭的景象，顺便打探米谷的情形。

"那个叫大泽的，和你们聊了什么？"菊子看见红毛和绿皮进来，劈头就急切地问道。

菊子虽未走远，显然已了解不少此地的事情。绿皮把和大泽的对话大致叙述了一遍，但红毛加插了一些批评大泽的话。

"能够发明这些技术，这位大泽一定是不简单的奇才，就不知它愿不愿意教导一些，让我们将这些技术带回大森林？"菊子思索着。

"应该没有问题吧，它说一学就会。麻烦的只是如何回去，一路上到处是大鹭和白狐，如果没有高原豆鼠的严密保护，恐怕难以穿越广大的荒原。它们似乎也没有很大的意愿护送我们回去。"绿皮开始烦恼这个新的问题了。

"若是只带着一些栽植技术回去，未免太可惜了。如果可能，一定要设法让大森林的豆鼠见识过去的辉煌历史，重新开创一个新的时代。"红毛似乎开了眼界，抱持着和绿皮截然不同的想法。

"别浪漫了，我们三个能够平安回到大森林，就是了不起的任务，"菊子不悦地驳斥，"接下来，我们行事也得小心，米谷的豆鼠绝对没表面看到的单纯。"菊子似乎观察到某些不寻常的动作，因而有此直觉。

红毛听了，沉着脸，闷不吭声。

"我刚才在外面和一些豆鼠聊天，它们说米谷还有一位杰出的将军，叫紫红。你们见过吗？"菊子问道。

"听说了，据说在北边的荒原开拓疆土。"绿皮说。

"尖刺这类武器就是它发明的，"红毛忍不住，再抢着回答，"它研究了好几种武器。"

"我们打算什么时候回去呢？"绿皮问道，它还想多待几天，多了解米谷。这个不同于大森林的世界，似乎还有许多东西值得观看。

"愈早愈好，在我们回去以前，你们赶快分头设法了解栽植的技术，还有学习它们的武器如何使用，如何制作。"菊子命令道，它觉得红毛和绿皮的说法都言不及义，还是先将这两种米谷的实用技术学到再说。

红毛还想再争辩，但菊子阻止它的发问："时间还长，我们可以慢慢聊，先休息吧，你们路上也辛苦了。"

经过一个多星期的长途跋涉，一路上为了躲避大鸳和白狐，日夜惊心，红毛和绿皮几乎没有好好成眠。现在，好不容易能够在林子里的树洞安睡，一躺下去，没多久，便呼呼大睡了。

菊子刚才已睡饱。它静静地躺在那儿，仔细地回想过去一路上发生的各种事，以及今后又要如何去面对的问题。

明天，它一定要亲自去看看那座大石碑，了解红毛为何会那么激动。它年少时，依稀记得有位长老提过，大森林最盛时，曾经立过大石碑。但后来，就未再听其他长老提过。和自己同辈岁数的豆鼠，似乎也没有多少位记得大石碑的事。长久缺乏目睹记录，它们一度还以为，石碑是一个不实的传说而已。想到此，它禁不住兴奋之情，骨碌起身，把那大石碑绘在米谷的旁边。

现在，这卷竹简填满了整个历险的种种见闻，将是大森林有史以来最重要的冒险记录。有了这份竹简，加上那栽植方法、保护豆鼠的武器，完成这趟出生入死的探险后，它一定会被大森林视为最伟大的英雄。

没想到，西方果然还有另一群豆鼠，而且开创了一个新的森林世界。日后，它回到大森林，一定要教导子孙，跟这儿保持良好的关系，共同为豆鼠的将来奋斗。

不过，将来若有机会，它也不会选择来米谷居住，这些瘦小而难看的高原豆鼠，看来总是神经兮兮，不像大森林的豆鼠举止从容而优雅。高原豆鼠似乎隐瞒某些事情，并未全盘吐露整个米谷的情形。

它对红毛也愈来愈没有信心了。这只年轻的豆鼠太好高骛远，想的尽是一些白日梦。在旅途中，它原本以为自己若丧命，可以把任务交代给它，如今，它可是毫不考虑了，还好自己也撑得过来。

至于绿皮，唉！它显然又太欠缺使命感了，整天也不知在胡思乱想些什么。当初的冒险队甄试，不知它是如何通过的。一路上，如果不是时时催促，菊子真怀疑，它恐怕早就忘了这趟旅行的真正任务，还以为在游山玩水呢！

想到这些队友的问题，菊子辗转难眠了好一阵，都快午夜了，它才昏沉沉地睡着，丝毫未察有好几条黑影闪进树洞里。

　　红毛醒来时，发现自己被藤绳绑在一副木架上，前后
都有高原豆鼠扛着。它愤怒地想挣脱，却愈挣愈紧。它自
恃孔武有力，当下动弹不得，又能如何呢？破口想大骂，
却发现嘴巴也被封了布条。四周暗漆漆的，什么都看不
到。只能转动头部，斜看星子的方位。黄色的大星在北，
三颗小星成线在西方。它凭经验判断，自己正被架往东北
的方向。那不就是高原了吗？

　　绑架它们的豆鼠是谁？难道是缺耳？这是缺耳为何始
终紧跟在后，黄昏时又故意经过大石碑观望的目的？但为
何要绑架它们，这样做有何好处？一连串的谜题浮现在红
毛脑海，让它有点混乱了。

　　不知菊子和绿皮现在如何了。它再努力侧头，终于看
到菊子和绿皮。绿皮一动未动，似乎仍在昏睡，而且睡得

相当安详，鼾声阵阵。菊子背着它，但身体不断扭动，只是没几回就静寂了。

没多久，它忽然察觉，队伍正在爬升，愈来愈吃力，难道真要上到高原去，但似乎跟昨天行进的路线有一段距离。奇怪了，怎么会往这个方向走？

队伍大概是走累了，停下来休息。有一只豆鼠走到它眼前检视，它急忙佯装昏睡。

"不用检查了，药效很强，不可能醒来的。"另外一只豆鼠说。

"大森林的扁豆大概比较营养吧，竟然都那么重，天快亮了，还要走多久呢？"

"快到了。"

红毛没想到自己竟能那么快苏醒。它暗自得意："这下子你们终于领教重的厉害了吧！"可到高原做什么呢？随即，它又想道："快天亮了！"莫非要将它们喂给大鵟吃？天哪，这些可恶的高原豆鼠。它开始慌了，可又完全没办法。这些豆鼠为何要如此残忍地对待它们？它还是百思不解。结果没多久，大概是药效又重新发作，它再度昏睡过去。

等再度醒来，天边已鱼肚白了。它发现自己躺在地表暗褐的高原上，身上的藤绳松绑了。勉强站起身，头有些昏沉，又乏力地颓坐下去。不知高原豆鼠用了什么药物，如此厉害。它再抬头看，绿皮和菊子的情况也差不多，都昏沉沉地坐在地上，衰弱地无法起身。

它们面前站了一排蒙面的豆鼠，还放了一堆食物和武器。

"你们仔细听着！"那排豆鼠里有一只严肃地说道，"这一堆食物可以让你们吃两星期，还有武器也足够保护你们回到大森林里去。趁大鹫还没来，快点离开吧！米谷并不欢迎你们。"

这群豆鼠交代完，迅即转身奔离。留下它们三只肥胖的豆鼠，继续在原地发愣。

"等一下！"红毛忍住头疼，对着远去的蒙面豆鼠大吼道，"你们到底是谁？凭什么赶我们离开？"

那群高原豆鼠不答，继续跑步离去。红毛勉强追了几步，药性未退，再度踉跄地跌坐地面。它眼看追赶不及，转回头，好奇地蹲下来检视堆放的物品。里面有许多扁豆，也有块茎、树茎和叶子，还有三四条藤绳、尖刺、石子和弹弓等武器，连菊子的竹简也在其中。

事情演变至此，红毛沮丧极了。它颓然一坐，有点不知如何是好。绿皮则摇摇欲坠地走到它前面。

"我们快点走吧!"绿皮劝道。

"走?这个时候走到哪里呢?它们分明是要我们死在高原嘛!"红毛愤然说道。

绿皮不敢再吭声,红毛说得没错,眼下危机四伏,除非马上找个土坑躲起来,否则下场堪虞。它实在想不透,谁要赶它们走?看情形似乎是那个尚未谋面的紫红将军。只是奇怪了,那紫红又如何获知消息?为何不让它们待在森林里呢?听说,紫红是个有野心的将军,大概是害怕大森林学得了米谷的武器和耕植技术,将来对米谷不利吧!绿皮仔细研判,不免讶异,豆鼠里还拥有这样充满算计和心机的枭雄!

菊子也一拐一拐地走过来。它把竹简捡起,小心地翻查:"有武器和食物,够了,人家既然不欢迎,我们也不要强留。"

"事情没有弄清楚前,我们总不能就这样不明不白地离去。"红毛愤愤说道。

"什么不明不白,事实就摆在眼前,人家不喜欢我们,我们留下来,只会得罪人家。"菊子竟也动怒了!

一路上,红毛始终无视它的命令,顶嘴不知好几回,菊子终于无法忍受这个脾气毛躁的小伙子。当然它不只是针对红毛而已，它也盯着绿皮，略带威吓地说："你们要记住，这是一支大森林的探险队，大家出来时都有被面授机宜。我们有责任带回消息。"

红毛面子挂不住，也似乎被惹毛，竟然不顾菊子的命令，反抗道："对不起，领队！我违抗命令了，祝你们一路平安！"说完，跃起身，捉了一把尖刺，虽然身体还不灵活，却头也不回地离去。

菊子涨红了脸，一脸怒气，对着红毛的背影厉声大吼："你若敢违抗命令，就不要回到大森林！回去以后，我一定向长老群报告你的作为。"

"等一下，你要去哪里？"绿皮大讶道，慌忙撑起身子追到红毛身边。

"我要去米谷，我要搞清楚，是谁想赶我走的，还有它们赶我们的理由。"红毛气呼呼地说，仿佛药性已退，愈走愈快。

"你贸然折回米谷，太危险了！何况菊子受伤未愈，我们必须一起照顾它。"绿皮跟不上，朝它大叫，但那红毛继续疾走。绿皮最后吼道："你至少拿一些食物走吧！"

"让它走！没有它，我们依旧可以回去。它绝对无法查出实情。"菊子在后头尽喊一些负气的话。

"知道是谁又能如何？又不是自己的森林，关我们何事？"菊子最后又朝红毛的背影大喊。这一喊，它身上的创痛复发了，不禁弯身抚背，闷哼着。

绿皮眼看红毛渐渐走远，太阳已经升起，它知道再不行动就来不及了，逼不得已，只好反身回去照顾菊子。

菊子研判，这儿也是高原的一部分，位置比较偏北。它们决定顺着红毛离去的方向，往南先行一段再说。

走没多久，地上出现一些清晰的足迹，似乎是绑架它们的高原豆鼠折返时所留下的。绿皮暗自估忖，如果顺着这些足迹走，说不定会回到米谷。也许，它们可以去找大泽或青林探问因由。也可能，青林发现它们不在，早已派豆鼠士兵出来寻找了。它很想把这个想法告诉菊子，但看菊子犹在生红毛的气，只得暂且按捺着。

没多久，它们看到左边的土丘上，闪出黑影。逆光下，看不清，以为是白狐，遂吓了一跳，正准备要奔跑，再仔细看那黑影，虽然壮硕，但还是比白狐小了些。

是红毛！绿皮用手遮光，眯着眼细瞧，高兴地向它挥手。绿皮知道红毛只是发发小脾气而已，不会真的一意孤行，自己先行离去的。红毛一直具有团队精神，不会随便弃队友而去。它只是一时控制不住脾气。

　　三只豆鼠又慢慢地走近，会合在一起了。菊子和红毛彼此都未吭一声，全赖绿皮居中扯淡。可是，绿皮总觉得就是有些不对劲。走了一阵，太阳已经爬升到高空，它们决定停下脚步，暂且躲入一个凹处休息。毕竟，附近可能随时会有大鵟或白狐出现，还是晚上行动比较安全。休息时，红毛取出蒙面豆鼠们留下的尖刺把玩。它试着以树枝做的弹弓发射石块。红毛这方面领悟力高，没练几下，就懂得找地面的东西做靶物，而且不断地射中瞄准的物体了。

　　"你不要把石子都练光了，到时没有石子，空有本领也没有用。"绿皮说。

　　"不会的，这样可以减轻重量。唉，可惜没有大鵟，不然就可以试试看威力了。"红毛已经忘了先前的不快，开玩笑说，"你们要不要试试？"

　　绿皮有点忸怩，但在红毛再三催促下，还是练射了。第一次，石子射到眼前不远处，便落地。第二回才勉强射出。第三回，它拉满弓，瞄准远方的土丘射出，竟击中了土丘。

　　它十分兴奋，过去检视。等走到土丘时，突然发现，地平线上黄沙滚滚，显然发生了事情。菊子和红毛也在向它招手，很显然，它们也看到了情况。绿皮急忙奔回，这个突如其来的场面，倒是让原本已不说话的红毛和菊子，积极地对话起来。

它们趴在一块略为高起的地方远眺。"你看，前面是什么情形？"菊子问红毛，因为它的眼力最好。

"有一群豆鼠朝这儿奔跑来，后面有白狐在追赶。豆鼠还一边用尖刺抵抗。"

"白狐有几只？"菊子问道。

"天啊，八只。"红毛说。

"不，有十只。"绿皮更正。

"管它多少只，反正跟我们没关系！我们快闪到一边吧。"菊子沉吟道。

"糟糕，这些豆鼠可能快支撑不住了。"绿皮却惊呼道。

它们清楚地看到，豆鼠们根本没有逃脱的机会，白狐的数量比平常多，它们轮流试探着豆鼠的防御。豆鼠们疲于奔命，只能且战且走。可恨的是，四处遍寻不着一个可以避敌的位置。

"天啊！这样下去会全军覆灭的。"红毛急切说道，

"白狐显然在等豆鼠们累了，再扑上去。"

"会不会是刚才绑架我们的那一队？"绿皮说。

"不可能的，这一队的豆鼠比较多，而且都持拿着尖刺，和它们不一样。"红毛看得仔细，特别强调。

"我看，我们还是得趁机先溜走，免得被白狐发现了，一并遭殃。"菊子忧心忡忡，急着明哲保身。

"我们若不冲过去救它们，它们一点机会都没有，"红毛站起来就要过去支援，"我们不能如此见死不救，何况都是豆鼠同类，而且我们也被救过。"

菊子顿时脸色难看，却又不知如何阻止。

"救它们会暴露我们的行踪，不太好吧。"菊子知道溜走似乎也说不过去，却又怕红毛误以为它自私，于是从现实分析，站在大森林未来的角度力陈利害。

红毛很不服气，仍作势要冲出去。

绿皮也觉得这样太草率了，急忙拉住它："我们用什么方法去救那些豆鼠呢？"

红毛听了也愣住，它拎着树枝弹弓，想换尖刺，可又觉得不是办法。绿皮突然灵机一动叫道："我们再用绳子拖树枝。"

"这样合适吗？"菊子怀疑道。自从黄月牺牲后，它不断自责，已经没有什么信心了，但也想不出什么方法。

"真棒的想法！我们往前冲，制造灰尘，让白狐以为来了许多豆鼠。"红毛兴奋地附和。

看它们如此急迫，菊子不得不点头了，总不能老是用任务作为借口，它的领导威权还是要合理兼顾的。更何况，它也想再试试自己先前想出的这种方法。

于是，三只豆鼠迅速抓了一堆枯枝，绑起绳子。然后，排成一排，菊子大喊道："冲吧！让它们也知道，大森林的豆鼠有办法打败更多白狐的。"

菊子一下命令，三只豆鼠拉着绳子往那儿冲去，大量的尘埃从它们背后开始卷起。它们像是三名将军领着数百豆鼠，朝敌人奔去。果然！滚滚尘埃一升起，白狐和豆鼠间追逐的战斗随即停止了。它们都侧身注视那远远地向它们直扑而来的灰尘团，仿若有一支庞大的部队即将杀到。

白狐们以为是豆鼠的援军到来，全被惊吓住了。等那灰尘团愈来愈接近，先是一只白狐偷偷离去，接着，又有一只、两只、三只悄悄地往后溜走。最后，所有白狐都被吓光了。而原本陷入险境的豆鼠们却愣住，这是哪里来的豆鼠援军呢？它们依旧严阵以待，结果等滚滚灰尘落定，惊讶地看到，竟只有三只看起来比它们肥胖许多的豆鼠，满身灰尘地站在眼前。它们是哪里来的呢？豆鼠队伍里站出一只领队，向菊子它们致意，并问起背景身份。

菊子虽然充满戒心，但还是善意地把自己的来历简单叙述了一遍。对方边聆听，边不断地啧啧称奇。菊子一行也深感讶异和困惑，因为对方虽是米谷来的高原豆鼠，却不知它们三位的到来。它们是紫红将军的军队，始终驻扎在北方，在外巡逻、探勘，正准备回去报到。

"你们认为绑架我们、想把我们赶走的可能是谁？"如果不是紫红将军命令绑架，那会是谁？菊子有些混乱了。

带领这支队伍的小队长叫大华，它对菊子的问题有问必答，唯独对此事也不敢妄下判断。但它分析这事非同小可，决定邀请它们前往紫红将军那儿。事出红毛和绿皮的意外，菊子竟爽朗地一口答应。原来，菊子觉得事有蹊跷，眼前的高原豆鼠显然非常和善。它想前往北方拜见紫红将军，或许可多了解一些，对回到大森林也应该有所帮助。

绿皮和红毛很高兴菊子的态度转变。旁边有许多豆鼠士兵陪伴，不用再背笨重的食物，它们顿时轻松起来。

队伍往北行不久，慢慢地走下高原。山坡逐渐出现青草地，林木稀疏，并未如米谷长得那般茂密，也没有黑云雀出现。旁边的高原豆鼠向它们告知，原来是高原豆鼠们自己开垦的，将来或许会长成树林。前几年，紫红将军带了一批年轻力壮的豆鼠深入北边荒原，主要就是试着栽植林木，拓展米谷的森林范围。

这个企图并非是为了应付过多的高原豆鼠，而是针对白狐和大鸷的栖息。这两种天敌并不适合茂密的森林环境，如果北边栽种森林成功，将来和米谷连成一片，就可以将更西边的荒原和东边的高原切成两半。白狐和大鸷的族群都被隔成两个区域，力量便薄弱了，豆鼠们再继续朝两个方向拓展，它们就没有什么生存的空间。

"可是，我们最近在北方的观察发现，或许白狐族群意识到这种危机吧，近来，它们也常在这附近出没，不断干扰豆鼠的栽植工作，而且不再像过去那样三四只而已，有时还十来只一起出现，比如刚刚发生的战斗。"大华更进一步解释。

下了高原后，它们抵达一条小溪边。高原豆鼠们原本预估，晚上就可抵达紫红将军的营地过夜，但早上被白狐群追逐时耽误了时间。它们来到溪边时，天色已暗。带队的大华冒险地做了一个决定，在溪边过夜。

"我们很少在这样的环境休息，你们不要走远。这儿虽较陡峭不开阔，但偶有白狐的踪迹。"大华特别警告它们。

"我听豆鼠士兵们说，顺着这条溪往南走，就可以到达米谷了，但地形非常崎岖。若要回米谷，它们宁可绕道而行。这里是米谷那条溪的上游。"绿皮指着小溪，跟红毛悄声说。

但红毛心不在焉，它向菊子问道："怎么，你不是想回去，为何又答应要去见紫红了？"

"不管紫红是否对我们有敌意，总该去拜访，让双方都能更加了解。"菊子解释。说这种内容的话，菊子主要是想赢取红毛对它的尊敬，让这个桀骜不驯的年轻豆鼠知道它不是弱者。其实它还另有盘算，想要多看看米谷的内部情势。它隐隐感觉事情愈来愈复杂，包括它们被驱逐的因由。或许该多观察，伺机再走，回去也才能清楚报告。说不定，还可以请这位将军保护它们一程呢！

"要不要吃叶子？"绿皮递给红毛一些。

红毛看绿皮咬得津津有味，试着咬了一口。最初，它觉得很难下咽，咬了三四回后，发现并不如最初那般难吃，反而愈嚼愈有一种味道出来。

菊子也咬了，它虽坚持扁豆仍是豆鼠唯一有营养的食物，但想到将来回大森林，这种食物或许会改变豆鼠对扁豆的过度依赖，只好勉强再吃了！但它发誓，如果不是为了将来回去宣传，这辈子绝不会吃这种难吃的食物，甚至连米谷瘦小的扁豆，它都兴致不高。

吃完晚餐，菊子很快就睡着了。白天的奔驰，害它伤势复发，唯有多休息才可能康复。

"今晚不知会不会有豆鼠来绑架？"红毛开玩笑说。

"你看天上的月亮，今天好像特别光亮，"绿皮说，"希望有一天，它也能指引我们回到大森林。"

红毛苦笑点头。

"假如你不介意，我是否可以念一首刚刚想到的诗给你听。"绿皮诗兴大发，可又怕惹红毛生气，遂试着探问。

　　　　所有的星子都是我的眼睛
　　　　我站在地球的背后
　　　　每晚远远地凝视

绿皮念完后，很是得意，期待红毛的答话。红毛依旧不吭声，它不得不再问道："你觉得怎么样？"

红毛还是背对着。正觉得奇怪，探过头去，原来它已经睡熟。绿皮还没有睡意，继续仰望着天空。未过多久，月光被乌云遮住，林子里起了一阵风。

它又再发诗兴时，突然听到林子内有豆鼠士兵悄声说道："白狐，白狐进来了！白狐进来了！"

绿皮慌忙摇醒红毛和菊子。大伙儿正不知如何时，大华队长赶过来，着急地低吼："安静一点，赶快渡过河去，到对面的林子再集合。"

"糟糕，我们没有下过水……"绿皮犹疑道。

红毛可不管了："人家敢冲，为什么我们就不能。不要丢大森林的脸！"

红毛这一斥责，绿皮不便再说什么，只能咬紧牙关，听从吩咐，跟着其他豆鼠士兵慢慢地走入溪里。红毛一边在前引导，一边帮助菊子。菊子紧抓着红毛的肩膀。绿皮独自殿后。大华企图利用月光被遮蔽的时机，摸黑偷偷渡河，让白狐扑空。最初一切事情都在它预期下进行。不过，溪水甚深。它们涉溪的速度不得不缓慢下来，一步一步站稳横越的脚步，免得被溪水冲走。

"糟糕！月光快露出来了，"红毛抬头仰望时，看到乌云边缘开始泛白，不禁暗自急躁起来，"要快点涉溪过去！"

这时，它们若被白狐发现，很难施展武器，届时只有等着被白狐屠杀。但天不从愿，豆鼠们才渡到溪的中央，月光便已破云而出。在溪边搜寻的白狐发现了豆鼠群。它们知道机不可失，纷纷跳入溪水，恣意地冲过来。白狐显然料准了，这时豆鼠们无法有效地使用尖刺抵抗。

白狐群一冲进溪里，豆鼠阵营随即大乱。所幸，生死攸关，豆鼠们发挥求生本能，大部分都加快渡过了河心。只有殿后的绿皮和少数豆鼠被隔开了。眼看不少豆鼠纷纷上岸入林，白狐群干脆围捕落后者。结果落后的豆鼠被咬死了好几只，惨叫声不断。

绿皮颇机警，眼看跑不掉了，急忙潜入水里躲避。岂知一不小心，绿皮被卷入急流里，想挣扎回去已经来不及。它和豆鼠队伍脱离了。最后，仿佛听到红毛喊叫它的声音。它想回头，可流水飞湍，它无从抗拒，感觉自己已被湍流吞噬。

绿皮醒来时，发现自己正趴在一根巨大的浮木上。四周尽是溪水，浩荡奔前。它终于意识到发生了什么事。

自己是如何爬上浮木的？现在又位于哪里？是否在前往米谷的路上？绿皮慌乱又疲惫地不知所措。它还记得高原豆鼠们说过，这条溪虽通往米谷的森林，但地势险恶而复杂，很少高原豆鼠愿意沿溪走回米谷，它们宁可绕道荒原，再回到森林。

绿皮又想，不知红毛和菊子现在如何，后来却莫名地傻笑起来。毕竟挂心又有何用，它都快自身难保。

它试着下水，准备游上岸，回去找红毛和菊子。可那溪水速度甚快，离岸又远。再加上它不谙游泳，也不清楚水深，根本没有把握抵达对岸。只得继续待在浮

木上发愁。

摸摸肚子，是的，果真有点饿了，这才想起身上没有吃的，只肩部依旧缠着藤绳。它自言自语地苦恼道："这下可麻烦了！"

沿着浮木摇摇晃晃来回走了一遭，连个发芽的枝条都没有。它喝了点溪水解渴，强装镇定。突然想要念昨晚那首诗，却什么都记不得了。脑子里浮现的还是如何脱离这个困境。

它不禁颓丧地坐了下来，观察溪岸。两岸虽是稀疏的草原，偶尔仍有大树出现，而且不少棵的枝丫都伸向河中央。它自忖，或许可用藤绳套上其中一根，把自己拉上岸。

就这么决定了！双手一拍，起身动手。迅速地做好了绳圈。没多久，漂近一根大树的枝丫了。绳圈一掷，竟然一回就钩住。这下它可得意了，心想红毛在的话，还不一定有这样的能力。

事不宜迟，它早将藤绳的另一头系在自己身上。浮木继续向前漂，绿皮顺势下水泅泳。溪水果然汹涌。它数度被冲离，所幸都靠藤绳拉住，未被溪水淹溺。

可是，还是估算错了！水势太强，它终究无法上岸。如果不放开藤绳，恐怕就会活活地像那浮木般，一直漂浮着，直到腐烂、死去。这样太可怕了！绿皮大胆研判，还不如冒险放开藤绳，再度任水漂流，或许还有机会上岸。

心意既定，便决然挣掉藤绳，开始朝岸边游去。甫伸开手，溪水就将它冲远了。它像一片叶子翻了好几番，又犹如被风吹远般，随波而去。

等它奋力冒出水面时，发现溪水并不如想象的深，它的脚竟可以踩着。但水势似乎更急了，它继续被溪水往前运送，耳边也响起轰隆的声音。这是怎么一回事呢？正待观看，等它赫然发现是巨大的水瀑时，溪水已经将它运抵水瀑前。只见下方深渊水花飞溅，浪涛迷离。这道庞大的不断往下飞奔的白色水瀑，绿皮还未看清，只浑身发抖，还来不及大叫，便整个栽入了。

浮木，依旧是浮木救了它！绿皮昏沉沉地醒来，发现自己旁边正并躺着好几根浮木。不禁诧异道，这样好像不对，应该是趴在浮木上，怎么自己也跟着浮木一样漂浮呢？它慌忙起身，但马上下沉。果真，刚刚是漂在水面的，难道自己有什么奇特的功能，或者是水面出了什么状况？

再环顾四周，不禁哑然失笑。说真的，它还不敢相信，原来自己还有这种漂浮的本能，大森林的豆鼠没有机会在水域活动，真是太可惜了。它愈想愈好玩，不禁拍掌呵笑。这一笑，整个身子又翻滚一回，害它喝了一大口水，呛得泪流不止。

它摸摸肚子，依旧圆滚滚的，心想说不定这大肚子也增加不少浮力。如果像一只高原豆鼠般细瘦的身子，恐怕就没这么轻松漂浮吧，可能早就溺毙于急湍的山涧。但它是一只大森林的豆鼠，有着无可救药的肥胖。跑不动，却能在溪里让身体载浮载沉，不尽然一无是处。

绿皮这时才恍然大悟，昨晚恐怕也是如此，才能靠求生的潜意识，幸运地爬上浮木吧！这下它可得意了，干脆又放松身子，在水面仰泳。假如大森林里有这么一条溪水那就好了。一个森林里若没有一条溪，那是多么乏味的地方，它这般忖度。

随溪水漂荡浮流，又不知经过了多少个急弯和小水瀑。溪道开始变窄，分成好几支，连溪水都浅了。没多久，它发现自己停止在曲流弯处的静流水塘。岸边咫尺在前。它起身，甩净身上的溪水，撑着酸痛的身子走上去。

往哪个方向走呢？它初始想回头，去找红毛和菊子。但想到要攀登一连串的水瀑，便裹足不前。绿皮转而替自己找了个合理的借口，还不如就此顺溪而下，走向米谷。去跟青林见面，告诉它们被绑架等怪事，再回头来找两位同伴吧！就这么决定了！继续沿溪走。要不是在水里泡久了，全身多处浮肿，它还真想就这样一直待在浮木上漂浮而下，一路流到米谷去呢！

肚子又叽里咕噜叫了，光凭喝水已不能解决。溪边依

豆鼠回家

旧是草原，但林木似乎比先前多了不少，有些树看来还颇为高壮。这样的地方应该有一些扁豆生长吧？

它发现以前在高原脚下发现的树种，溪边也有不少，而且形成不小的密林。它猜想，应该也有一些高原豆鼠爱吃的那种块茎或叶子吧？可惜，没有经验，不知如何找块茎、叶子，只好全心去寻找扁豆了。

它穿过去，打算到离溪更远一点的地方。大树多半在那儿，它相信树上应该有扁豆。它拐着腿，蹒跚来到最近的一株大树前，可那树身光溜，一看即知没有扁豆生长。不过，再前面一点，好几株并列丛生的，明显有攀藤之类的植物了。而树冠上层，呵！果真有一颗颗泛着油绿亮光的扁豆悬垂着。

兴奋地欲走向前时，忽地前方有动物嬉戏的窸窣声。绿皮吓了一跳，慌忙躲到大树后。

眼前的草原上，竟然有三四只小白狐在草地上相互追逐、打滚。它们的母亲陪在旁，不时用舌头舔抚、照顾。绿皮既冷又害怕，不禁打起哆嗦，想走却又担心，不小心惊动了那白狐母亲。只好继续躲在树干后头，偷偷瞧着。

绿色的草原、迤逦的小溪、快乐的白狐家族，这是多么美丽而和平的画面！虽是天敌，连在旁偷偷观察的它，都不禁被这绮丽而和谐的场景感动。

突然间，白狐母亲似乎嗅闻到什么，有了一种不祥的预感。它不安地迅速起身，竖耳竖尾，毛发都直立起来，随即将眼光往溪边扫射。

绿皮不自觉地打哆嗦，抽了一身冷战。慌得后退，准备开溜，背后竟有威吓的声音发出。它慌忙转身，赫然是一只小白狐挡住了它的退路。不！或许是绿皮挡住了它的去路。反正来不及了，小白狐向它发出猞叫。绿皮当然不会在乎一只小白狐，它担心的是小白狐的母亲。

它急得冒汗，不走不行了，奋不顾身地往前冲，那小白狐身子虽和它不相上下，却不若它的肥胖。而且恐怕才断奶不久，尚未遇见过豆鼠，只是本能地低吼而已。绿皮一撞过去，那小白狐翻倒在地，痛苦地号啕大叫。

绿皮更加慌乱，迅速地往溪边冲。糟的是，哪儿是溪边，它已搞不清楚。然而，小白狐的母亲已经赶到，发出愤怒的吼声。所幸，眼前有一棵小树，它赶紧往树上爬，现在它只恨自己不是只高原豆鼠，可以一溜烟就爬上去。它只是只大森林的肥胖豆鼠，上不了多高，便滑落地面。眼看来不及了，只好拎起旁边的树枝，企图抵抗赶来的白狐母亲。但那白狐母亲大概是气得发狂了，毫不在乎眼前的树枝，一口就咬掉了，随即再扑向前。

绿皮明知已经无法逃掉，可还是转身试图跑走。但那白狐母亲一爪掠过来，硬是将它左肩的皮撕掉一块，鲜血迸出。绿皮顿时疼痛得倒地不起，白狐母亲以为它已经不行了，遂收起爪子，未再攻击。

绿皮却趁这时，忽地跃起，以迅雷不及的速度，钻入附近的一处隐秘灌丛。那白狐母亲不免大吃一惊，没想到绿皮竟会这一招。它试着伸爪进去探索，可没想到那灌丛里尽是荆棘，刺痛让它不得不将爪缩回。仔细端详，它才发觉原该到手的猎物恐怕难以获得了。它很不甘心，又徘徊了许久，里面却一点动静也没有。小白狐们在后方鸣叫，它担心有意外，不得不悻然离去。

绿皮的左肩疼痛剧烈，全身也被刺得伤痕累累。它强忍住，隐伏着，勉强挖了一个土洞。它好累好累，又惊恐过度，没多久便睡着了。

花香！早晨绿皮还在酣睡中，闻到的第一种气味竟是花香。那花香很熟悉，像是大森林才有的。莫非自己回到大森林了？睁开眼，发现自己犹躺在土坑里，想转个身，受伤的肩膀如撕裂般剧痛。

饥饿一再催促它去找食物。但它还是忍着，暗自估量，就这样再躺一下，等天黑再上路吧。才这么下定心意，忽然听到脚步声。它想完了，那白狐母亲一定不死心，又回来守候了。

那声音逐渐接近，来的还不止一只呢？但其中竟夹杂着豆鼠的对话声。这是怎么回事呢？若这时不出去求救，还待何时呢？它遂勉强引颈张望，果然正有一群瘦小的豆鼠经过。绿皮奋力起身，忍住灌丛的不断刺扎，冲了出去，朝它们大喊。

灌丛里突然冒出一只肥胖的、满身污血的豆鼠，赫然耸立在前。那一群豆鼠顿时慌成一团，纷纷闪避。绿皮却放尽力气，颓然倒地不起。

豆鼠回家

　　紫红将军最喜欢披着一袭黑色披风，鼻梁上架着一副墨绿的琥珀镜。披风是用树林里一种质地柔软的树皮纤维编织，琥珀镜则用某种植物的树液和皮膜混合制成。这样的打扮充满神秘感，其他豆鼠委实难以看清它的眼神，只会不时感觉它的身影威严和庞大。

　　披风一看即是某种权位的象征，年轻的豆鼠都不敢学，但琥珀镜就有不少人偷偷地戴了。尤其是一些作战的士兵，它们发现逆光时，戴上琥珀镜就不用畏惧阳光的照射，安全感增加不少。

　　紫红将军欢迎两只大森林豆鼠的方法相当另类。当菊子和红毛抵达营地时，它安排了一个特别的娱乐节目。紫红希望它们之一能够代表大森林，参与三种高原豆鼠的竞技。

紫红将军认为，既然远从大森林出来探险，一定是经过一番精挑细选，才能胜出。于是，它指定了高原豆鼠最骁悍的勇士来和它们较量。

　　红毛十分讶异，这么短的时间，紫红将军就对它们的状况了如指掌。当它们面见紫红时，一切才恍然明白。原来紫红旁边就站着缺耳队长，一脸笑眯眯地向它们致意。红毛却硬不给对方好脸色。它直觉缺耳充满心机，若非正在列队欢迎，真想跳过去，狠狠揍它一顿。

　　倒是比赛之事，红毛很爽快地答应。它也想测试，这些身材看来比较高瘦的高原豆鼠，到底有何能耐。

　　准备和红毛比赛的豆鼠代表，叫火熊，体型相当剽悍。据说它能单独空拳驱走白狐，而且曾用弹弓射落过大鹫。

　　第一项比赛是爬树摘豆。

　　它们来到一棵大树前。这棵的树围可以让十只豆鼠围抱，据说是少数百年前残留下的大树。扁豆事先就由士兵挂到树顶。比赛方法很简单，谁先摘到扁豆就赢了。

　　这棵大树并非扁豆适合攀附生长的一种。它的树身十分光滑，一般豆鼠根本无此能力，只能利用一些树身上的小节瘤，一步一步地小心往上。更可怕的是，因为大树甚高，爬上去，若不小心摔下来，一定粉身碎骨。而红毛和

火熊都只有一条藤绳帮助它们攀爬上去。它们各自选择大树的一方往上攀，彼此看不见对方。这样有一个好处，双方都避免受到对方的影响。

比赛一开始，两只豆鼠便迫不及待地找隙缝，往上攀。过了好一阵，红毛勉强攀爬到树干半身处，才站上一根可以休息的枝干。

它们攀爬时，高原的豆鼠士兵不断地喝彩、加油，当然主要是帮火熊了。后来，欢呼声便减弱了，红毛借此研判，火熊八成是落后自己了。

唯不久，欢呼声再度响起，它想火熊可能已经赶上，急忙铆劲往上找攀高的位置。但眼前的树干找不到任何隙缝可以攀爬了。怎么办呢？红毛索性取出藤绳，套结，开始往上投掷，希望能钩住上面的树干。

它一边投时，发现对方的藤绳，也不时摆荡出树干来。它猜想，火熊可能也遇到了同样的困境。可是，从藤绳垂落的高度判断，那火熊投藤绳的位置，比它高了许多。它若不加快行动，恐怕会输掉比赛。

红毛好不容易套上了一根树干的枝头时，全场的豆鼠都哑然失声，静悄悄一片。红毛不禁更加有信心了，倒不是有把握赢对手了，而是它再度确定火熊还未将藤绳套上树干，士兵才会静下来。

士兵的反应帮了它不少忙，让它清楚火熊的动静。当它准备沿藤绳爬上去时，全场却欢声雷动。它暗自猜想，这下不妙，那火熊一定是套着了更高点的树枝。于是，更加拼命地上爬。

下面的豆鼠已经开始鼓噪，等它爬上树枝站稳时，那火熊早已上抵更高的树干，接近扁豆垂挂的所在。眼看快要输了，那火熊却一个不小心滑倒，从树枝掉落。全场豆鼠一阵虚惊。所幸，火熊相当机警，迅速捉住了原先的藤绳。

红毛趁机迅速爬上了好几个树枝，但火熊身手利落，再度超过它，居于领先的位置。红毛灵机一动，把藤绳拉起，一端系上折断的枯枝，击向扁豆。火熊准备伸手摘取时，红毛竟轻易地用树枝把扁豆击落。而且，率先滑下地面，捡到手上。

看到这种情形，高原豆鼠们群情哗然，火熊下来后，气鼓鼓地跑到紫红将军面前抗议。高原豆鼠举行这项比赛以来，从未有如此摘过扁豆的。但红毛的手法是否妥当，高原豆鼠一时也找不出反驳的理由，毕竟比赛未曾规定摘取扁豆的方式。更何况，紫红将军未表示意见，其他豆鼠士兵自不敢多吭声。第一场就算红毛赢了。

第二场比赛叫系袋长跑。

参与比赛者必须背绑着一大袋和身子几乎相当重量的扁豆，在草原竞技，跑向一处山坡顶。那山坡顶有一队豆鼠士兵巡狩、监视。跑者在那儿卸下后，再跑回营地，先抵达的便是胜利者。

跑者必须注意的是，它要小心估算自己的肩负能力，以及下坡时回程的能耐，那是全然不同节奏的路段。

对红毛而言，掮负扁豆自不是问题。以前在大森林时，体力就被公认是最好的。这一趟探险，每天都要背负扁豆，它的负重能力更加进步。还未比赛，它已有必胜的信心。

火熊输了第一场，非常不甘心。还未开赛，已经跃跃欲试，恨不得将红毛远远抛在后头。比赛一开始，它果真一马当先，火速冲了出去。红毛亦不甘示弱，没多久便超越火熊。火熊随即又赶上，超前。它们之间的竞争霎时变得有点情绪化，两只豆鼠都忘了适当地调节体力与节奏，似乎只在乎那暂时的领先。

最后陡坡时，距离便拉大了。红毛将火熊逐渐抛在后头。肚子大有何不好？难道就跑不动？除了弹弓和尖刺，红毛就不相信高原豆鼠有何能耐。等到它轻易地跑上丘顶时，火熊还气喘如牛，遥遥地落在半山坡呢！

卸下扁豆时，红毛自以为胜券在握，可那骄傲的大肚子在冲下山坡时，却成了阻碍，让它无法快速。火熊上抵顶端后，开始加足了马力，像一只蓄势待发的大鹫，飙速俯冲而下。原本还落后一大截，下抵山脚时，又和红毛并行了。于是两只豆鼠又展开互相超越，直到最后，火熊才以一肩之差，险胜了红毛。高原豆鼠们爆出热烈的喝彩声。

　　红毛输了比赛，上气接不着下气，但到达营地时，依然站得很挺。不像火熊趴倒在地，仿佛不省人事。菊子特别过来向它致敬，因为红毛展现了大森林豆鼠们不服输的坚强意志。

　　"接下来的比赛呢？让我们以最后一局分出胜负吧！"红毛喘着气，不愿意服输，积极地向紫红将军要求第三项比赛。

　　紫红看它斗志昂然的样子，不禁大笑起来，举手向所有豆鼠致意，表示比赛结束。这场竞技戛然中断，所有豆鼠甚感诧异。至于第三项会是什么内容？紫红将军没有公布，更不得而知。

　　红毛很不情愿，将军明显在袒护倒地的火熊。但看到所有豆鼠士兵都敬谨地接受紫红将军的指示，也不好意思再抗议什么。

拾 肆

　　绿皮苏醒时，眼前站的豆鼠不是别人，正是青林队长。而它横躺的位置正是最初来到米谷下榻的树洞，意即被捉走的位置。

　　"我怎么会在这儿？"绿皮吃惊问道，觉得像是做了一场噩梦，随即感觉全身多处隐隐作痛，想起了先前遭遇白狐追击的可怕过程。

　　"我们的采集队在东北边的森林边缘，把你救回来的。"青林微笑道。

　　没想到，自己真的走回米谷，绿皮不禁仰头呵笑，可差点把肩膀的伤口笑裂了。青林已经习惯它这种突如其来自我解嘲式的嬉笑。它只是不解，其他两只豆鼠为何跟绿皮的个性差异如此之大。大森林是什么样的森林？那儿的豆鼠的生活价值是什么，它还是不甚清楚，但青林总觉得其他两只，或许是较接近大森林的典型，绿皮却是异数。

"你怎么去到米谷东北方的森林边界？"

绿皮把它们被绑架驱逐、最后遭到白狐夜袭的过程，约略地叙述了一遍。

"没想到你居然能够沿溪回来。这还是过去的豆鼠所无法达成的。"青林惊讶道，随即静默一阵，仿佛心事重重。

这时一只豆鼠士兵送来扁豆和块茎，青林先行出去。

绿皮暗自思忖："这青林也真是奇怪，竟不追究我失踪细节，也不好奇红毛和菊子的下落，居然只惊讶我如何到来。"恍然间，它对绑架之事有了眉目。

等绿皮吃了一会儿，青林又走进来。

"走吧！我们去见大泽。"

绿皮紧盯着它，青林变得很不自在。绿皮因而猜想，它势必也了然自己在想什么了。

大泽想见我？绿皮不吭声，心里只是默想，这样也好，青林毕竟是下属，不如直接找大泽质问清楚。

大泽坐在木桌前，观看一张挂在墙壁上的地图沉思。那地图比菊子的竹简大了许多，而且十分清楚地将米谷、高原和大森林的位置都绘了进去。地图分明是新制的，因

豆鼠回家

为它上回进来时，并没有看到。绿皮看得目瞪口呆，仿佛不用问什么事，有些心里的疑问，都已展示在这张地图上面。

青林把绿皮带到大泽那儿后，搬了张椅子让它坐下，便悄然退出。

"你知道我在看什么吗？"大泽背对着绿皮，看着眼前的挂图，平静地说道。

"你在看跟我这次旅行有关的东西。"绿皮悠然说道。

大泽捻须苦笑："青林还一直以为你是三个里最笨拙的一位。"

绿皮不禁皱眉，不知如何解说这样的观察是否正确。

大泽边说，边拿起桌上的一根木棍，指点给它瞧："看这里！这是高原那条流到米谷的溪，你从这儿经过了一连串水瀑抵达的。如果你能告诉我们怎么走的话，也许，以后我们可以更快通往东北。"

绿皮心想，这个大泽真是个自私的家伙，原本以为它会谈及绑架之事，未料到它竟只字未提，只是拐弯抹角说些不相关的事。绿皮索性直接诘问："我们是不是被你派人绑架的？"

大泽愣了一下，没有回答。

大泽这一愣，绿皮更加确信了，遂继续追探："你为什么不愿意让我们待在米谷？"

　　"你不用急，我马上就会说到。"大泽停顿一下，整理思绪后，继续用木棍指着挂图："我们先回到刚才的问题，待会儿再回答你。当年，我们的祖先来到高原之下生活时，森林已经被破坏殆尽。所幸，还有这条溪的存在，才能残留一些林木。我们是在这样困苦的环境下成长，重新建立了这个森林的模样。"

　　绿皮欲再启口，但大泽不给机会："高原豆鼠应该诚心感谢我们的历代祖先。它们不断牺牲、冒险，在大鸢和白狐的威胁下，失去了许多生命，才得以留传栽植的技术，以及采集其他植物的方式。我只是将这个宝贵的遗产整理下来，传授给新一代的豆鼠。"

　　大泽继续指着挂图："现在你看到的米谷范围，其实已经够大了。我原本只希望豆鼠们就住在这儿，自立自足，依靠现有的采集和栽植方式生活就很好，不需要再到外面去拓展更大面积的森林。我们，或者我们的子孙都可以在这里快乐地过一辈子。"

　　绿皮不耐烦，冷然地再提醒："你还是没有告诉我，为何要绑架我们？"

豆鼠回家

大泽缓缓回头，慢慢地走到它面前，以其瘦高身子低头探看它，突然间微笑道："你们的肚子实在太不适合米谷了。"

"我的肚子和绑架有什么关系？"

"当然有了，米谷的森林并非我一个人管理的，我想你也知道，它和大森林一样是由许多长老共同开会统治。虽然它们赋予我治理米谷的实权，但也把开拓边疆的任务交给另一只豆鼠，紫红将军。相信你在这儿也听过了。"

绿皮知道答案即将揭晓，专注地等候大泽继续解释。

"过去，我们并没有开发北边的计划，是紫红一直游说长老们，要它们相信，现在米谷的范围不足以抵抗白狐和大鵟。它设法让长老们认为，唯有拓展北边的荒原，把那儿也种植出一片森林，将米谷和北方连成一块，才能将白狐和大鵟的族群分隔，之后再逐一驱离、消灭，这儿就全部是豆鼠的天下了。"

绿皮听得呆愣住，没想到这位枭雄竟然有这等盘算。

"我们会积极地面对大鵟和白狐，主要便是拥有紫红发明的尖刺和弹弓，让豆鼠们敢于对抗这些宿敌。前几年，紫红便提出募兵前往北方的计划，长老们也没有什么理由反对。所以，它才能带领许多年轻力壮的豆鼠到那儿开垦。"

"这样不是很好吗?"绿皮听了也相当兴奋,还无法见到紫红让它颇感遗憾。

"可是有一个很严肃的隐忧,还是必须提出来。"大泽无奈地说。

绿皮相当好奇,继续静默地聆听着。

"我从来不相信豆鼠能彻底地打败白狐或者大鹫,甚至将它们赶离高原,或米谷周遭。物物相克是自然的恒理。再说,假如有一天,豆鼠真的把敌人都赶走了,豆鼠有了更大的森林时,届时就没有理由限制繁殖的数量。"

绿皮想起了大森林的状况。

"等豆鼠一多,没多久,林子空间便会不足,又要想办法往荒原扩张,然后又要面对白狐和大鹫。如此循环,我们去开拓北方林子的意义就大有问题。豆鼠不应该那么贪婪无厌,我们应该有所节制,谨守现有的环境,白狐也不会随意冒犯。我相信,豆鼠历史上,势必经过这样的争执,最后造成分裂。我们若无法记取祖先们惨痛的教训,那就未免太可悲了!"大泽感喟道。

绿皮听它这一番冗长的叙述,似懂非懂,但大泽的远见与忧虑,让它颇为认同。这或许是大泽被其他豆鼠尊敬的地方吧！

"你为什么不向长老们游说呢？"绿皮问道。

"我也讲过了，但没有用，这是需要投票表决的。大部分的长老都被紫红说服了，能够为下一代的豆鼠创造更美好的环境，这样的理由难道不够好吗？我提出的警告也有长老赞成，但这毕竟有待时间检验。唉！我们大多容易急功近利，只有把事实摆在眼前，才会令长老们信服。"

"你还没说出绑架我们的原因。"

大泽还是未直接回答，继续说着心里想说的话："我从小就和紫红一起长大，也一起吃过苦，被白狐追击过，死亡的阴影每天都笼罩在我们的身上。紫红从那时起就暗自发誓，总有一天要发明武器对抗白狐和大鵟。"

大泽东扯西讲，始终不愿意回答绑架之事。绿皮在心头暗自嘀咕，真是狡猾的家伙。

"我知道它的个性，它一直在追求更大的成功。那是它实践生活的方式。以前发明各种武器，主动攻击白狐，如今拓展北边的森林也是一例。但那不是最终的东西，它还需要更高的目标、更大的心愿。北边的森林早已开发到一个阶段，我想它在积极寻找新的努力目标。而你们……"大泽把话打住，然后一字一字地说出，"你们可能正是把这个目标带来了。"

"这跟我们有什么关系?"绿皮惊愕,不以为然地反驳,"你不要把事情扯到紫红去。"

"不,请再听我说,"大泽委婉说道,"你还记得那个大石碑吗?"

绿皮按耐住脾气,让大泽有解释的机会。

"我还记得第一次,我们两个到大石碑那儿的情形。那一天,其他豆鼠都在大石碑附近玩耍,但紫红一直注视着大石碑的地图,我很少看到它如此对一个东西产生兴趣。后来,我问它,为什么看那石碑这么久,它说,很向往过去豆鼠辉煌的时代。"

"很多豆鼠也一样啊,我的同伴也是。"绿皮回答。

"不,这件事发生在紫红身上就不一样了。我过去一直在想,它带队到北方拓垦,最后的目的不只是开发北方而已,而是要恢复过去豆鼠王国的情景。到北边去,只是去操练军队,让它们更适合打仗。以前它就曾跟我提过,那大石碑豆鼠的丰腴样子,让它百思不解。它因而相信,这世间势必还有其他豆鼠,依旧活在某一个地方。它一直在等待这个机会。你们的出现,正好印证它的想法。"

绿皮不吭声了,如果大泽没有猜错,紫红会是一个野

  豆鼠回家

心勃勃的家伙。许久，它才悠然叹道："难道长老们不会阻止它的野心，光靠一个米谷的能力，就有办法恢复原来的豆鼠世界？"

"我也如此忧心，"大泽感慨道，"这也是你们出现在米谷时，我急于把你们再送回大森林的理由。是我秘密下令绑架你们，把你们送出去的。如果让紫红和你们接触，进而了解大森林的状况，我们彼此的世界都会出问题。"

大泽终于道出心声，绿皮大惊之下，略一沉吟，便说："你这个方法是没有用的，假如我们失败，还会有第二波大森林的豆鼠到来。紫红迟早会遇到它们的。"

大泽默然不语，绿皮说得没错。如今它觉得自己下令绑架之事，或许太急躁了。事情根本无法隐瞒，紫红一定会认为它企图掩饰什么，甚至怀疑它想要独揽整个米谷的权力。事情恐怕要闹大了。大泽陷入这辈子最大的困境，不知如何解决。

看到大泽低头沉思，愁眉不展，绿皮感觉，它势必将陷入一个复杂的权力斗争危机里。不过，它随即惊觉到大泽果真是一个不简单的家伙。刚才愁云惨雾的面容，才抬起头，又展现亲切的微笑，而且看不出是装出来的。

"你有没有发觉，那图案上的豆鼠体型刚好介于你们和我们之间？这是个很有趣的讯息。"大泽再问绿皮。

"噢！怎么说呢？"

"我们的体型正好显示，这是一支正从恶劣环境中成长的豆鼠。图案上那豆鼠画的时候正好是森林疆域最广阔的时候，豆鼠们的体型刚好发福起来。你们肥胖的肚子则是森林开始败坏的体态指标。"

"哪有这种说法！"绿皮深不以为然，它觉得大泽的推论过于一厢情愿，可又说不出更好的反驳理由。

"对了，你那两位同伴可能已经在紫红那儿了吧？"大泽问道。

"应该是。"绿皮点点头。

"唉，不知能不能避开一场内战。"大泽不再说话，继续凝视着挂图。

内战？绿皮很想再问最后一句话的意思，但大泽似乎不太想再聊天。

绿皮的肩膀又隐隐作痛，正要告辞。大泽突地吟诵道：

今夕无风无雨

我却乌云满怀

不知投向何方

每个方向

家园的大石碑不断高耸

绿皮惊喜道："啊，你们也写诗吗？"

大泽莞尔一笑："年纪稍长的都该还会一些吧，怎么你没注意到吗？"

绿皮摇摇头，犹是半存疑，心里却是一阵开怀。没想到，在大森林快没落的文化，却在这儿还隐隐盛行着。

"现在我不会再绑架你了，或许你有空可以到林子里多逛逛，应该会看到许多豆鼠在吟诗，甚至朗诵。"

绿皮撑着身子，缓慢地走出大泽的住屋。它出去时，青林已经在外面等候好一阵了。

"你会写诗吗？"

青林点点头："正在学，年纪大了，没事写诗，比较不会被批评。"

紫红住的地方是一间很大的石窟，四周用烛火点亮着。任何豆鼠一进去，就会看到一张和大石碑一样的地图，横亘在石壁上。各种尖刺、弹弓悬挂着。地面上则摆放了好几种木头做的武器，似乎仍在研究中。

"我听缺耳说，你们在寻找一个叫'歌地'的森林，那个地方看来是我们的米谷了。"紫红主动解释道。

"如果再往西没有森林的话，我想应该就是了吧，"菊子也不想隐藏这个事实，"你们的森林刚好又有制作这种竹简的竹子。"

"再往西？哈！哈！我派了好几队豆鼠去过，带回来的都是大鸢和白狐的骨头。"紫红狂傲地笑道。

菊子觉得它的语气未免太嚣张了。

"既然找到了'歌地',你们有何打算?"紫红一笑完,话锋一转,面容严肃地问道。

菊子低头沉思,觉得紫红问得真直接:"把这儿所见所闻都带回去,让大森林的长老裁示,决定如何采用新的栽植方法,减低大森林的破坏,并且学习你们发明的武器,去对抗大鹜和白狐。"

"就这样吗?"紫红追问。

"也许,可以移民到米谷,如果你们不反对的话。"红毛在旁插嘴。

"红毛不要乱说!"菊子急忙止住红毛发言。

"哈!哈!没有任何高原豆鼠会答应你们的要求。这是它们辛苦建立起的森林,怎么可以随便就让你们搬迁进来呢?"紫红说。

"大家都是豆鼠为何不能呢?"红毛甚感不解。

"高原的豆鼠恐怕不这么认为,它们觉得自己是一个群体。难道你在比赛时,没有这种感觉吗?"紫红向红毛质问,"除非我们觉得有些好处,相信你们若是我们,也会用这种角度去思考事情。"

红毛低头不语,它觉得紫红说得甚有道理。

"这件事，我想可以慢慢来的，虽然隔了那么长的世代，但毕竟都是豆鼠，最重要的是先沟通，让两边多了解，以后就好办了。"菊子安慰道。话虽如此，心里可不是这么想的，它主要是说给紫红安心的。

　　"事情恐怕没有你想的那么容易。我们的数量少，你们多。你们随便迁移一些过来，我们就会被同化掉。高原豆鼠们难免担心自己的生活风俗会消失。它们觉得自己的生活是最好的，如果和你们这些肥胖型、只吃扁豆的家伙共同生活，它们一定会大加反对。"紫红开始用教训的口吻。

　　菊子被紫红这一说，也不知如何回答了，心里却已有谱。它暗自思忖，这些高原豆鼠有什么了不起，光凭会栽植和制作武器，就想超越我们，那还远呢！我们还有诗，它们有吗？菊子想到诗，不免愣了一下，好像有些心虚。

　　"你，不，"红毛知道紫红不喜欢人家这样直直称呼它，急忙改口，"将军有无高见呢？"

　　紫红直视红毛，想到适才比赛它所展现的昂扬斗志，脸上随即浮现奇特的喜悦。它发现，自己愈来愈喜欢这只肥胖的豆鼠，不知大森林的豆鼠，像这样的有多少？

　　"不瞒两位，现今唯一能让高原豆鼠了解世界在改变、接受大森林移民的，我想只有我了。"紫红说的时候既充满信心，也相当自负。

菊子和红毛愣了一下，却也不敢断言，紫红的说法是否太过于夸张。

"其实，高原豆鼠住的米谷还有很多空间。我开拓了北边的这一片森林，应该可以让更多豆鼠居住，说到这点，我想大森林的豆鼠恐怕还得感谢我。但你们必须说服大森林豆鼠，要它们把眼光放到整个豆鼠世界的概念里，恐怕较为困难。"

"如果需要的话，还得请将军帮忙了。"红毛抢在菊子之前贸然说话。

菊子始终对这位高原的将军充满戒心，短短的谈话里，紫红果然野心勃勃，句句话都有明显的企图。它也很担心红毛，这只年轻的豆鼠似乎对紫红有着盲目的崇敬。

怎么办呢？菊子有点后悔来拜会紫红了。它想赶快离开这里。轻装简从、扁豆一袋都可，只要能单独回到大森林就好。如果这个紫红将军带着大量的武器和栽植技术，出现在大森林，对大森林的豆鼠绝对是件悲剧。大森林需要的是抢救森林的方法。

"可是，我最感不解的是，你为什么还命令豆鼠绑架我们？"红毛突然问道。

"绑架？"紫红讶异道，"你们被绑架？"

从紫红的表情明显看出，它并不知情。于是，红毛详细地把它们在米谷的经历再叙述一遍。

紫红听完后，激动地握拳："我不会做这种事，长老们怎么可以……不对，这件事应该是针对我而来的……"

话说一半，紫红似乎想到什么，突然冷笑起来。随即静默不语，想了一下，把缺耳叫到旁边，吩咐了一些事。

之后，它又若无其事，开怀地邀请红毛和菊子，参观它最近的一些发明。红毛十分兴奋，唯菊子愈来愈忧心，已经没有观赏的心情了。

拾 陆

　　紫红引领它们进入另一个更大的石窟。这石窟是新近
由豆鼠士兵敲凿完成。里面空荡荡的，什么都没有。只在
中间摆了一个有着石轮的木车。

　　"这是做什么用的？"红毛好奇地问道。

　　"你觉得呢？"紫红笑眯眯地考它。

　　"大概是一种收割食物的新机器吧！"红毛不太敢确
定，但它实在想不起还有什么其他的可能。

　　菊子却在旁暗自冷笑，它无法想象，像紫红这种豆
鼠，怎么可能会笨到发明一个收割用的器具，还摆置在这
个大石窟里炫耀。

　　紫红观察到菊子的冷笑，刻意探问它："菊子队长认
为如何呢？难道你们在大森林也有相似的收割工具？"

　　"哼！我们只吃扁豆，扁豆用不着这种东西。"

"哈！哈！哈！"紫红又大笑了，"其实它正是一种采收扁豆的工具，叫采收车。来！你们看。它只需要一个人就可以轻易地推动。而它的木架基部，这儿可以放置三十多粒石块。一次一块，放到这个推送器上。推送器可以左右前后都转动，操作者只要瞄准扁豆上方的枝茎，再用力踩着推送器的另一端，石块就会发射出去，把成熟的扁豆击落。以后豆鼠就不用辛苦地爬树采收扁豆了。"

红毛赞叹道："将军果然厉害，难怪它们都说你是发明的天才。"

"爬树上去采集也很容易，并不需要用到这种采收车。何况大森林和米谷的环境都不平坦，采收车能行进的地方恐怕还不多呢！"菊子在旁浇冷水。

"嗯！你说得固然不错，但这是没有远见的犹疑。我这个采收车可是为将来而设计的。譬如说，万一有朝一日，我们搬到北边来，这儿的平坦地形就非常需要了。采收若容易，我们就能花更多的时间做别的事，不须把太多时间浪费在扁豆身上。过去百年来，我们花在扁豆上的时间实在太多太多了。"

菊子很不以为然："能把时间都花在吃的上，才是幸福。大森林会没落，说不定就是花了太多时间在别的事

　　豆鼠回家

情。"

"无稽之谈！不跟你说了。"紫红大概是被菊子的顶嘴惹毛了，异常愤怒。披风一抖，拂袖而去。

那缺耳正好进来，赶忙趋前报告事情。紫红才转趋冷静。但听完报告后，斗篷一挥，匆匆出洞了。

菊子也不管，兀自看着采收车，再暗自评估，它对自己的森林有何贡献。

菊子对紫红的发明充满质疑的对话，让红毛深感不满。它清楚菊子故意找碴，处处和紫红作对。它不明白菊子为何要这么做。

"你们实在不应该这样说话，将军很少这样动气的，假如你们不是客人，它早就将你们丢到高原喂食白狐了。"缺耳很不高兴，紫红离去后，迅即冲过来，劈头狠狠训斥了一顿，"刚才如果你们不这样乱说，将军会介绍更多采收车延伸发展出来的功用。"

红毛虽不喜欢菊子的态度，但毕竟同样来自大森林，缺耳的警告让它非常不悦，随即恶狠狠地瞪着缺耳，对这种仗着地位、高姿态说话的豆鼠，它最讨厌了，当下不甘示弱地回嘴："我愿意随时候教。"

"那天蒙面捉走我们的是不是你？"绿皮问青林。

青林苦笑，不好意思地点头。

"你差一点把我们害死了。"

"这实在不能怪我们，如果你们不是沿着我们的路线走，而是朝东，直接回大森林去，就不会有事了。"青林反而责怪起它们。

说得也是，绿皮觉得再责怪也没用，转而好奇地探问米谷这儿诗歌的创作内容和风气。大泽果然没乱说，米谷有不少老豆鼠组成的诗社。豆鼠年纪一大，闲暇时间多了，难免以诗自娱。

聊诗好一阵，再把话题转到大泽身上，试图从青林那儿多了解这个高原豆鼠最崇敬的家伙，以及那个深谋大略的枭雄紫红。它把和大泽聊天的事情大致和青林讲了一

豆鼠回家

遍，青林听了惊愕不已。

"你觉得会发生内战吗？"绿皮问道。

青林回答得谨慎："我没有这种智慧。"

"假如发生内战，你会站在哪一边？"绿皮再追问。

"那还用说，我当然是跟大泽了。但是我们会发生内战吗？长老们一定会出面阻止的。喜欢写诗的生灵，不爱战争，更何况是自己的同类吵架。"青林有些自言自语在安慰自己。

"不要自欺欺人了，你们年轻力壮的豆鼠都被紫红调到北边去，训练成自己的部属，长老要如何阻止呢？这事恐怕由不得你们了。"

"米谷从未发生过内战，豆鼠们追求的是和平。我们有一致的敌人，我们只对抗白狐和大鵟。"

"虽然没有内部的战争，但你们现在整个的组织结构，早已为战争铺好了一条宽敞的大路了，"绿皮苦笑，"唉，没想到连这里也跟大森林一样吵来吵去。其实，争执并不一定是坏事，糟糕的是无谓的伤害，造成内部的分化。"

"你们的森林发生过什么事吗？"

"以前为了扁豆争吵过。有一整群豆鼠因此离开，去寻找新的乐园，但以后就再也没有回来。"

"我们也吵过，但是因为有大泽的发明，才度过了粮食危机。"青林终于承认也曾有过危机。

　　"你想大泽会如何面对这个危机？"

　　"不知道，我只是对它有信心。我们留在米谷的豆鼠对它都有信心。"

　　"可是你们打得过紫红的军队吗？"绿皮忧心道。

　　"大泽会解决的。我们相信，它总是会带领我们渡过危机，你等着看吧。"

　　它们正谈得热络时，外面进来一只豆鼠，递给青林一封信。青林打开来，看了之后忧心道："长老团通知要开会了，我想一定跟这件事有关。"

 豆鼠回家

"你们很幸运，才来没几天，就要目睹这个豆鼠有史以来最伟大的发明。有许多豆鼠来这里屯垦两年了，连个影子都还未见过呢！"缺耳引领菊子和红毛上抵高原的小丘看台后，大肆吹擂着这个准备亮相的武器。

　　　　菊子和红毛总觉得缺耳夸张过度，但看到整个高原豆鼠都在为这个表演而聚集时，对即将出现的东西，不免也有了一些期待。

　　　　"唉！其他队伍怎么动作那么慢呢？应该好好再整饬了。"缺耳观望四周队伍的集合，显得很不满意。

　　　　红毛发觉，在北边屯垦区，缺耳的位阶突然变高了。除了少数队长外，几乎所有豆鼠都得听它的命令。据说，缺耳前几日才和大华

一起高升。高升的原因，竟然是带回了菊子一行来到米谷的消息。但也有豆鼠认为这不是最重要的因素。以前，缺耳带队保护豆鼠采收时，表现便相当杰出。何况，紫红发明采收车前后，它也帮了不少忙。

无论如何，红毛再度遇见的缺耳，一副趾高气扬的小军官举止已经消失。缺耳变了。升到不同的位阶，任何豆鼠都会有不同的处世态度。这样的俗世行为，放在缺耳的身上表现得更充足。如今在红毛眼里，缺耳变得有点刻意在学习做一名指挥者的语气和举止。它仿效的对象，当然是紫红将军。

天气变晴朗了，其他部队也逐一抵达预定位置集聚。缺耳非常不满，第一次做总指挥，各队竟如此不捧场。它随即让士兵传话下去，让几位带队的队长知道，它对今天的集合相当有意见。

不久，紫红将军在一群豆鼠士兵持旗的簇拥下，缓缓上抵小丘上的看台。它一抵达，各部队的红、蓝、黄等大旗迅速升起，迎风飘扬。

紧接着，一排士兵快步拉着一辆木车，另一组士兵则带来一块用藤条支撑、张开的大白布。那大白布随即用一条粗绳系住，绳子的另一端则绑在木车上。接着，火熊也来到那儿，身上系着弹弓和尖刺。两三名士兵上前，将它和大白布绑在一块。

"它们在做什么？"红毛好奇地问道。

"大白布叫布鸢。至于那采收车你们见识过的，但是——"缺耳骄傲又故作神秘地解释道，"它今天会展现更惊人的用途。"

"做什么呢？"红毛问，"难道跟那布鸢有关？"

"对，它们会把布鸢放到高空，让它飞行。这就是将军的伟大发明。"缺耳最近常把"伟大"这个词用来形容紫红将军的任何事情。

"飞行？豆鼠能飞？"菊子和红毛不约而同瞪大眼睛，难怪缺耳敢说伟大的发明，它们更加殷切地期待着。

火熊和士兵们已准备就绪，向紫红行礼。紫红随即先发表一段训话："各位亲爱的北方士兵们！我们来到这个地方奋斗，转眼已经两年了，大家都非常努力地工作，为米谷的将来开创了另一个新的家园。同时，我们也不断地磨炼自己，把自己训练成有史以来最优秀的战斗部队，等待着有朝一日，能够和白狐、大鸳们决一死战，把它们彻底消灭。现在，这个日子就要到来。今天，你们将看到各位在北方工作那么久、那么辛苦的回报。我们不仅有武器可以攻击白狐，打得它们抱头鼠窜，还要飞得比大鹫更高，让大鹫无处可逃！"

紫红一讲完，豆鼠士兵的阵营发出了欢呼之声，高喊"紫红将军万岁"的声浪，一波波传遍了整个高原。等紫红将军把手伸起示意，豆鼠士兵们随即安静下来。

准备表演的士兵们开始行动了。它们迅速推着采收车往前急跑，只留下火熊在原地，背擎着布鸢。随即藤绳紧绷，拉动火熊和布鸢。火熊顺势跑没几步，马上双脚离开地面，轻轻地飘浮起来。

豆鼠士兵的阵营里发出了难以置信的惊叹声！菊子和红毛也不约而同地瞪大眼睛。布鸢奇迹似的在它们眼前缓缓高升。火熊果真像一只大鹫，摊开了一对大翅，扑簌簌地迎着强风起飞。

士兵们将布鸢放到天空以后，采收车便停止前进，全让火熊自己操作，控制左右移动。等它飘浮一阵，习惯天空的气流，紫红再要求士兵继续放绳，让布鸢飞得更远、更高。

"它们要放到多远呢？"红毛有点担心火熊的安危。

"快了！"缺耳兴奋地说，"最精彩的表演要出现了。"

红毛注意到布鸢已经接近高原崖壁的位置了。然后，它发现，崖壁边正有一群燕子在天空盘旋、觅食。

布鸢接近后，火熊慢慢地取出弹弓，瞄准燕子射击。但那些燕子体形甚小，飞行又快速，它射了十来回，好不容易才击落一只。

在地下的豆鼠士兵们看到燕子坠落时，都兴奋地鼓掌叫好。

"只射到一只燕子而已，为什么就如此高兴。"红毛不懂。

"燕子不容易瞄准，能够射中非常不容易。多练习几次，以后若遇到大鹫，就万无一失了。"缺耳在旁解释。

"打大鹫？"菊子和红毛都吓了一跳，这才了解刚才紫红演说的内容。原来紫红设计这个布鸢，最终的目的竟是要和大鹫在天空决战。紫红果然是高原豆鼠的英雄，红毛不禁兴起崇仰之意。它不得不承认，光是凭自己的匹夫之勇，永远无法完成伟大的事业。只有像紫红将军这般的眼光和智慧，才有可能为豆鼠做出杰出的贡献！

缺耳进一步跟它们解释发明布鸢的理由。原来，紫红将军一直认为豆鼠最终的敌害是大鹫。白狐虽然数量多，出没无常，但终究可以用武器打败。大鹫却不一样了，它们在天空上飞，任何东西都威胁不了。豆鼠虽然拥有弹弓，射程毕竟有限。只要大鸳飞得高，豆鼠们也就无可奈何。何况弹弓发射的石块无法攻击大鸳的真正要害，顶多只能将它们打伤而已。

如果豆鼠能够发展出一种武器，飞到和它们等高的位置，再用弹弓近距离射击，加上采收车远距离投递，一定能彻底地击败大鸳。

现在，豆鼠们正在赶制采收车，密集征选操控布鸢的飞行员。等它们都训练成功，搭配采收车，就能进行紫红的远征计划，把大鸳和白狐全部消灭。

"原来采收车还有如此精彩的用途。"红毛惊叹道。

缺耳听了大笑："你以为那采收车真的只是用来采扁豆？其实摘扁豆只是其中的一个功能，它最大的功用是发射石块，石块可以射得更远更高。再加上协助布鸢升空，不管是大鸳或白狐都会被我们打得无处可逃。"

听到缺耳这么解说，菊子不禁暗自心惊！它果然没有料错，那采收车果真不只是用来采收农作而已，的确还有其他的目的。紫红野心勃勃，莫非它想统治包括米谷和大森林在内的豆鼠世界？这紫红果真是枭雄！像这样的角色如果和大森林接触，绝对不利大森林的未来！

红毛可是愈听愈兴奋，激动地叫道："真棒，真希望有朝一日，也能搭乘这种布鸢，击落大鸳，为大森林出口气！"

这时一名传令的豆鼠来到缺耳面前，原来紫红将军有请红毛前去。

缺耳不敢怠慢，马上对红毛说："小子，你真是幸运。许多豆鼠等了这么久都还没有机会。"

红毛愣愣地走到紫红面前时，还弄不清楚缺耳的意思。

"想不想进行第三项比赛？"当它走到紫红面前时，紫红问道。

红毛愣了一下，原来第三项现在才要举行，当下兴奋地响应："如果有机会的话，我随时愿意奉陪，跟火熊分出高下。"

"太好了，那么请搭上布鸢，飞上天空射燕子吧！"

"啊！我？"红毛听到时，这才明白，吓得倒退好几步！

但这事似乎也由不得它迟疑。心里虽然害怕，在众目睽睽下，如果不上去，恐怕会被火熊，还有其他高原豆鼠耻笑。如今自己和大森林的面子、荣誉，都存乎它的勇气。无论如何，它都要硬着头皮参与。更何况，它也兴致勃勃。

紫红见红毛未吭声，随即派两名士兵带它到前方的高地。那儿有另一架采收车和布鸢，早已准备妥当。

红毛将弹弓、尖刺系妥。豆鼠士兵马上准备好，要将它拉上去。红毛咬紧牙关，抬头看天空，火熊正向它挥手。就在它还未弄清状况时，整个身子竟已离开了地面。

初时，它有一点慌张，还想捉住什么东西，但随即发现，挣扎反而无济于事，还不如放松身子，把生命豁出去，摊开手让布鸢带着自己，反而飞得平稳。果然，等习惯了，它开始舒服地享受飞行的感觉了。

飞行的感觉是什么呢？不！红毛觉得应该说是，离开地面的感觉是什么？因为它觉得最初那一刹并不是飞行，而是一种被地面遗弃的惶恐、害怕。但它也开始体会一种俯瞰地面的新鲜和愉悦。整个世界似乎变得更大更宽广了。任何事变得又小又远，毫不重要。重要的是自己的存在，只有风和自己于天地间，这是唯一巨大的真实。世界其实还有另一种面貌，在前方，和自己一起比翼。

能够把世界看得更高更远，飞行就是这样吗？也不尽然！它又渐渐地享受着其他的乐趣。一种掌握飞行技巧的快乐。它略将右手往下摆，整个身子便倾斜，往右下方飞

豆鼠回家

去。微微把双手一缩，布鸢开始下降。再张开，自己又迅速升高。以前大鵟就是这样鸟瞰豆鼠、捉弄豆鼠吗？

当一只大鵟真幸福，镇日翱翔天空。是的，整个世界变了，就在它来到一个不同于以往的位置时，世界有了不同的面貌，呈现了另一种价值。那是它过去始终疏忽的。从一只大鸢的位置，红毛更清楚知道自己应该做什么，什么是不值得去做的。这是一种在地面上永远无法获得的体会。真棒的感觉，它真想快乐地大叫。

红毛终于升高到接近火熊的地方。两只豆鼠相互招手。火熊向它示意，飞到崖壁边，射击燕子。它才猛然惊醒，自己正在比赛中。

两架布鸢比翼而飞，缓缓地向崖壁靠过去。火熊刚才射了十发，击落三只燕子。红毛也取出弹弓，对准燕子群。它打了十来发，不过击中两只。论比赛结果，红毛输了。不过，红毛已经不在意，它觉得自己已因飞行获得了更多。

之后，它又单独试射，了解弹弓在天空射击的要领。接下来，它果然大有斩获，竟连续击落三只，让地面的豆鼠惊叹不已；连火熊都向它致意。

射完后，一对布鸢慢慢地又移向高原。红毛兴奋得不可开交，它没想到自己竟迅速学会飞行和射击的技巧。它想，这一定是领悟了生活的真谛！

呵！美丽的天空，愉快的日子！就这样一直飞下去多棒！不，如果能飞到大森林上空，让所有豆鼠都看到，一定更有意义。

它突然也想起绿皮。这只胆小而保守的豆鼠如果还活着，一定又会吟诗的。在大森林时，它最讨厌那些没事写诗的豆鼠，认为它们总是虚无得很，生活看似毫无目标。这时它却有一股创作的欲望。只是一时间，想不出任何适当的词句，足以抒发自己的情感。它只好试着念绿皮走出大森林时吟诵过的一首：

> 当全世界睡着时
> 在这一屋脊最尖端的位置
> 我和孤独一起并坐、对话

不！不是孤独，是快乐。这样才是真正的好诗！不知绿皮现在在哪里，难道被白狐咬死了？不！它相信绿皮还活着，将来重逢，它一定要告诉绿皮飞行是什么，为它写一首飞行诗。它继续闭着眼，享受这种飞行的乐趣，如果一辈子都能在空中飞行，这是多么快乐的事啊！

突然间，它听到火熊的喊叫声。急忙睁眼，天啊！不远处竟有一只大鵟升起。

这只大鵟从何而来呢？很显然那只大鵟也吓到了，大概是以前从未见过豆鼠飞行吧？它既害怕又愤怒，似乎布鸢占据了它生活的领域，随即飞过来攻击。

火熊和红毛急忙取出弹弓。糟糕的是，它们这才发现石子已发射殆尽。下面的豆鼠着急了，想办法要将它们拉下去，但时间显然已经迟了。那大鵟已经飞抵它们面前。火熊迅速抽出尖刺抵挡。那大鵟急忙闪过，转而对准红毛。一切发生得如此突然，红毛还来不及取出尖刺，只好左右摇晃，试图躲闪。然而，天空非陆地可比拟，布鸢行动缓慢，大鵟迎面扑上，完全闪避不了。红毛心想完了。

可是，奇迹却发生了，原来大鵟未料到布鸢速度过于缓慢，自己却冲得太快了。一只爪子伸去，未捉到红毛的身子，竟先勾住布鸢的藤架。转而被藤条缠住，无法飞行。

红毛的重量，加上那只大鹙，布鸢终于支撑不住，剧烈下坠。大鹙虽然慌乱，还是继续用另一只爪攻击红毛。所幸红毛已经取出尖刺，抵住大鹙的攻击。火熊也想尽办法，飞过来攻击大鹙。那大鹙受到攻击后，愈加生气，胡乱地拍翅。这个结果使得布鸢加速坠落，它也被缠得更紧。红毛眼看坠落的方位竟然是断崖深谷，吓了一大跳，急忙挣脱藤绳，准备脱离。

这时，火熊的布鸢再度飞抵，趁机用尖刺刺向动弹不得的大鹙。那大鹙被刺中，叫声更加凄厉，挣扎远甚以往。布鸢因而快速翻滚，坠落速度奇快，就在千钧一发跌落断崖时，红毛趁机跳离了布鸢，紧紧捉住了生长于崖壁上的草茎。那大鹙却和纠结在一起的布鸢一路翻落到深不见底的崖谷。

草茎只有一小撮，其他地方都是秃裸的峭壁。红毛紧捉着，好不容易脚跟踏着一个可以立足的位置。但它不晓得自己还能支持多久。

天色渐暗，听不到上面有任何的声音。天啊！到底自己离高原有多远？上面的豆鼠们是不是以为它已经死了，不知道它仍在崖壁边等着救援呢？它试着大喊好几回。结果什么声音都没有。求救声似乎还未到达崖上，就被风吹散了。

风愈吹愈大，挟带着呼啸之声，森冷而凌厉地吹刮它的皮肤。夜幕终于低垂，岩壁下像一个黑暗而永无止境的深渊。它渐生绝望，难道就这样苟活着？最后死在一个草木不生的岩壁旁，被雨淋死，被风吹干，成为像爬虫一样枯瘪的尸体？而不是像一个战士，为自己的森林光荣战死荒原？

没想到自己壮志凌云，最后竟然是在这样冷僻的角落捐出生命，多么不值得啊！它真的很不甘心！不知不觉掉泪了。从小到大，第一次，泪水夺眶而出，滑到它的鼻尖，还未掉落，就被风吹干。

它也愈来愈饿，连以前讨厌的叶子都想要摘来吃，这时岩壁上却一片也没有。手臂酸了，再换另一只手捉住草茎。唉！就这样撑着直到死去吗？算了！干脆往下跳，来个痛快的死亡吧！

红毛往下探望那黑暗深处。瞧得力气放尽，眼前深渊如穹苍之辽阔。它知道时候到了，正要往下坠。突然间，听到了窸窣的声音，从深渊传了上来。不！不是，是从上面的天空传来。它赫然再清醒，激动得想大叫，喉咙却沙哑得叫不出来。

天啊！只要发出一点声音就好，它必须让上面的豆鼠知道自己在这儿。它硬是迸出了微弱的"啊——"声。喊出的声音虽小，而且软弱无力，但它觉得已是这辈子能够喊出的最大声音了。不久，它终于听到了火熊的呼叫："在这里！找到了！它还活着！"

可是，红毛已经支持不住了，紧握草茎的手已经麻痹，终于昏厥过去。

拾玖

青林陪同绿皮前往米谷一处大树环绕的空地。那儿是长老平常开会、集聚的地方。绿皮搞不清楚，它的出席有何作用？

当绿皮进去时，十几位长老和大泽显然已经讨论过一阵。大泽把绿皮简单介绍后，请它将自己和其他两位同伴被绑架的前后经过逐一叙述。绿皮讲完后，大泽遂请它在角落坐下旁听。

"我觉得绑架案只是紫红挑衅的借口而已，没有这桩事，紫红还是会找其他理由率军队回来的。就算大森林的豆鼠不来，它也会派士兵出去寻找。以前它就偷偷派了不少次。"发言的长老叫大智，明显站在大泽这边。

另一位长老大竹却帮紫红将军讲话了："大智长老的说法未免过度扭曲了紫红将军的心意。绑架之事本来就是不该，我们却反过来找各种理由，怀疑紫红的动机。试问当年它去开拓北方时，有哪几个不赞成的？要知道，它去北方并不是一己之见。"

"当时的确是投票通过的，但也有彼时的因由……至少我并没有赞成。"大智急得又开口了，继续帮大泽说理，"其实，现在谈这个已经没有意义了，我想陈述的是，紫红将军这几年来在北方做了什么事，许多豆鼠都晓得。栽植林木只是借口，屯驻养兵才是它最大的兴趣。以前长老会议决定，请它带兵回来，它始终不肯，还找了一大堆借口。后来，换青林去带队，它又说士兵们不肯服从。现在，偏偏选这节骨眼带兵回来，它心里想什么，我想全米谷的豆鼠都知道，又何必帮它解释呢。我从小就看着它和大泽长大，不会看走眼的！"

"大智长老，话不能如此讲。"又有一个长老支持紫红。它叫大光，眼看大智长老的话似乎受到其他长老的赞同，它不得不反驳："绑架这事发生在先，任何豆鼠听到这个事，最先判断一定会以为是紫红做的。我们这样做不就在污蔑，或者说是侮辱它吗？它能不赶回来为自己争辩吗？"

"回来也不需要把整个军队都带回来啊！"大有长老

豆鼠回家

提出。

"它已经失去安全感了。任何豆鼠在它的位置都会不安!"大光继续辩解。

"各位长老,请安静,容我说几句话吧!"大泽看长老们七嘴八舌,纷争不停,只好站出来讲话了。"绑架这事是我策划的,身为现阶段米谷的治理者,我必须向各位长老负责,就让我承担这个责任吧!我想,这是唯一有可能解决紫红带兵回来兴师问罪的方法。希望各位长老允许我做这个独断的决定。但我还是怀疑,它的动机不只是如此单纯,"大泽突然冒出了这一段话,"尤其是知道有大森林这个地方以后。"

"刚刚,大家也谈论过了,有关大森林的事,必须经由全部的豆鼠来表决,不可能由紫红,或在座的任何一位决定。现在,我们只是就绑架一案做出定夺,我们必须给紫红将军一个公平而合理的交代。"最先支持紫红的大竹又发言了。

这关大森林的豆鼠什么事呢?绿皮静静地在一隅旁听,不禁纳闷起来。大泽找它来,只是要让它现身证明整个事情的经过,现在讨论一热烈,大家都忘了它的存在。

那大竹讲完后,大家又把眼光集中在大泽身上,看它要如何承担责任。

"好吧！无论将来事情演变如何，我先以个人名义向它道歉，再向整个米谷的豆鼠解释原因。"

大泽才这么说完，一只豆鼠递上一封快信，是紫红写来的。大光长老抢先看了，脸色顿时变得凝重，无奈地把信递给其他长老，逐一过目。

那信的内容是这样写的：

各位米谷的长老，日安：

我最近将率军队返回之事，想必皆已知悉。目前，怕引起不必要的惊扰，大军日夜兼程，已经从北边平安抵达米谷外缘，就驻扎在入口处的荒原。由于大军众多，唯恐干扰到米谷豆鼠的生活，暂时不考虑入林。有关绑架一案，个己名誉事小，米谷安危事大。所以，大泽毋庸道歉了，我已不挂在心上。如今我更担心的是豆鼠的兴衰、米谷何去何从等更责无旁贷的问题。一切诸事，静待长老们的决定，指示我该何去何从。

——米谷屯驻北方疆域的紫红将军

"哼！把军队带到森林旁边了，还故意虚情假意地请我们裁示，这分明是要挟嘛！"一位较年轻的长老愤然说道。

"各位要注意，它特别提醒了，它不会怪罪大泽。它想知道的是米谷的未来。"大光长老忍不住又帮紫红讲话，"我觉得紫红不计较个己私怨，总是记挂米谷的未来，这样宽宏的胸襟，可不是一般豆鼠做得出来的。至少，我们应邀它入林，听它说什么吧！"

"未来？我们的未来有什么好忧虑的，难道知道有个大森林的存在，我们就有危机了？两边不相往来，不就没事。我实在不懂危机从何而来。"那位年轻的长老激动地起身。

"紫红向来有远见，它一定意识到什么，才会不顾一切地把军队带回来。"大光继续劝道。

"等一下，各位有没有注意，既然它不想追究绑架的风波，那它要我们裁示什么？"大智忧心忡忡。

大家都明白紫红出了难题，遂不敢吭声了。

大智又继续说了："这样暧昧的语气似乎暗藏玄机，我建议各位模拟两种情况：一，请它率军队回北方；二，请它入林。"

"如果是第一种呢？"

"它一定会反抗，届时可能会有冲突，甚至发生战争。想想看，豆鼠何时发生过内战？如果发生了，一定相当悲哀。这不是我们所期望的，也不是它想要的。可是如果事情朝这个方向演变，那什么都挡不住了。"支持紫红的大光仔细而理性地分析："不过，大家也看出，它在逼我们摊牌，逼我们选择第二个可能。我们至少可以听听它想讲什么，再来做决定。"

长老们都同意大光的分析。

"难道只有请它进来一途？"反对的声音还是此起彼落。

"看来，我们也只有这个选择了，"大智无奈地说道，"现在这种局面，它显然是下了很大的赌注。"

原本最反感的大智态度软化了，但还是有不少长老反对紫红带兵回来，要它马上带兵回去。长老们继续众说纷纭。

"军队是米谷的，它们怎么可能只听一个紫红的命令？"

"士兵称它为战神，它又不辞艰苦，跟大家同样生活，会违抗的恐怕不多吧？"

  豆鼠回家

"要打来打，我就不相信，自己的军队会打自己的住民。"

"它最会利用年轻豆鼠血气方刚、好勇斗狠的心理。"

最后，话题全绕在"请它入林"，到底是请它呢，还是请整个军队？

长老们为了此事又议论纷纷，乱成一团。大泽立场最为尴尬，却逼得必须开口讲话："各位，我想是不是用投票的方式来解决呢？"

大竹和大光也都认为这样最好，其他长老也不反对了。

于是，它们以举手表决，先决定是否邀请入林。在场长老加上大泽，共十二位。绿皮从发言的内容研判，支持紫红的和反对它的势均力敌。它实在难以判断哪方会获胜。结果，六比五，邀请紫红入林的那一边赢了。

为何呢？原来大泽放弃了投票。

好了，现在确定是要请紫红将军入林。但问题又来了，到底要请它单独入林呢，还是全部人马入林？为了这个问题，长老们重新陷入伤脑筋的时刻。如果只是请它单独进来和长老们会谈，它们又生怕紫红起疑，担心进来后遭到长老们软禁，以此要挟军队。但是若邀请全部军队入林，又恐紫红借着军队的力量，掌控整个米谷。

关于这点，连最支持紫红的大竹和大光，也没有把握紫红会不会做出惊人之举，尤其是它都已将军队带到林子入口，严格说来已经违反了长老的命令，若没有合理的解释，将要遭受永远放逐的悲惨命运。

最后，还是大泽想到一着。长老们写了一封简短而模棱两可的信，邀请紫红入林。那封短信的内容相当言简意赅：

北方边境紫红将军阁下：

长老们已无异议通过，欢迎将军尽速入林。米谷未来的安危之事，亦请将军到长老会上进行报告。关于绑架之事，大泽也向你表达至深的歉意。

——米谷长老团

这下长老们可把棘手的问题又丢回给紫红了。让紫红去伤脑筋，到底是否该带军队入林，或者单独入林。

　　紫红将军入林只带了一小队豆鼠士兵。当长老们听到这个讯息时，都不太敢置信。而且，它在参加长老团的会议时，旁边也只有两名侍卫，似乎更凸显了长老们的多心。

　　当紫红望着它们时，每只都像做了亏心事般，不知如何是好。有的低头不语，有的仰天沉思，竟没有一只敢于和它面对面。

　　其实，紫红在收到长老们的回信时，已经盘算过，如果它单独入林，对长老们会是一种尊重的表现，反而会减轻长老们对它的疑虑。毕竟自己带军队不请自回，已经犯了滔天大罪。如果再带豆鼠大军入林，只怕会更加深长老们的不安。紫红遂听从缺耳的建议，轻车简从，减少长老们对它的疑忌。

它甚至在服装上也特别考虑，卸下了过去一定披在身上的斗篷，换成一般豆鼠士兵的制服，只是犹戴着琥珀镜。

当紫红进入会议场时，看到长老们浮映在脸上的尴尬笑容，便知道这一招果然见效。可是，它也看到大泽安静而沉思不语的模样。紫红还特别过去向大泽致意。

紫红对大泽真的已经释怀了。在米谷森林里，大概除了它以外，任何豆鼠都难以从大泽一成不变的表情找到任何线索。紫红一直认为，大泽目光如豆，充满自私的思维。这种自私也非为一己谋利，而是一种小圈圈的保守观念，不希望和其他地区往来，只顾照顾自己的家园。这也是它会擅自决定绑架、驱逐大森林豆鼠之故。

不过，紫红也深知，如果要整个米谷的豆鼠信服它的计划，最终还是要先获得长老们的信任，而受到多数豆鼠爱戴的大泽，无论如何是要做朋友的，绝对不能成为敌对的一方。它相信自己也能对大泽坦然以对。何况大泽会暗自策划绑架之事，毕竟也是为米谷的整体未来而着想。再说，大泽已经为绑架之事，付出不名誉的代价。

一路进来，紫红也发现豆鼠们对大泽产生了不信与不安。大泽在米谷的统治地位已经被动摇。当然，紫红可不

是要回来抢它的位置。一个小小的米谷，它根本不放在眼里。

青林特意把绿皮再带到会议场边，因为大泽觉得这场会议，如果它在场，或许能帮忙解释一些事。绿皮一进去后，赫然吓了一跳。天啊！站在紫红身后的两名魁梧的士兵里，一位竟是红毛。另一位它不认识的，正是北方军队最英勇的壮士火熊。

红毛怎么会成为紫红的侍卫呢？绿皮既吃惊又困惑。红毛看到绿皮也愣住，没想到同伴竟然还活着，可是碍于场面，只好压抑住自己的欣喜。

会议没有什么要特别讨论的，全部是来聆听紫红将军解释，为何甘冒不韪将整个军队带回米谷。全场二三十对眼睛都在等紫红解释。

紫红深知大家要的是什么，也不客套了，随即开始侃侃而谈，解释它率军队回来的理由。

"在座的各位长老和朋友，从小都听过祖先们早年的奋斗故事。相信每只豆鼠也都清楚地知道，远在米谷还只是一片草原时，我们的祖先就来到这里，选择它作为重建家园的地方，辛苦造林栽植了大量扁豆。由于缺乏浓密森林的保护，祖先们经常受到大鹫们的肆虐、白狐们的侵扰。许多优秀的豆鼠都是在这两种天敌的横行下，死于非命。后来，林木慢慢长大成林，白狐和大鸢才因无法适应，而渐渐离去。

"然而，我们也清楚知道，这种驱离是暂时性的，白狐和大鸢还是环绕在森林四周，豆鼠们依旧无法安然出林。迄今，我们甚至继续担心着，有朝一日，万一白狐或大鸢也学会了在森林觅食的方式，那时将是豆鼠们的末日。

"我一直认为自己是幸运的一代，从小就有森林保护。可是，纵使这样，我成长的过程里，还是无时无刻不忧虑着白狐的入侵、大鸢的从天而降。相信抱持这样想法的豆鼠也不在少数。那种随时会意外死亡的阴影，几乎在每一只小豆鼠出生时，就已深植它的脑海里，仿佛一块胎记般，除之不去。没有森林的保护，就没有豆鼠敢贸然离开。比森林更加广阔不知多少倍的荒原，我们却全让给白狐和大鸢横行。

"在座的长老们，多数都是看着我长大的，大家也都知道，我从小就展现强烈的企图心。但我为何会如此？那是因为白狐和大鸢们继续在我们的森林边缘生活，继续威胁着我们的安全。我从小就立志，将来长大绝不让我的下一代遭到这样的威胁，我不想让它们从出生起，一听到白狐或者大鵟时，就躲到地洞里打哆嗦。我希望它们是在一个无忧无虑的环境长大。我将这种旺盛的挑战意志，转化为发明新型武器的努力。希望有那么一天，豆鼠们也能安心地走出森林，和这两大天敌一较长短。

"过去几年来，在这个信念的驱使下，我发明了对抗白狐和大鵟的弹弓和尖刺。虽然这两项武器都很实用，但老实说，它们还是属于防御型的武器，或许能保护我们，却无法对它们产生致命的威胁。在采集食物的过程里，依旧有不少豆鼠不幸遭到它们的伤害。我们依旧跟过去的祖先一样，还是对天敌几乎束手无策。我们只能被动地挨打、防卫，无法展开反击。所以，我在北方时，除了努力栽植林木外，也特别研究了几种新型的武器。就如我先前所说，以前的发明都是朝保护而考量。但如今，我改变策略了。

"我特别着重于以攻击为主的武器。目前，我也将这些新的发明一并带回了。如果待会儿各位长老不嫌弃，我会邀请各位长老到荒原，一起观赏一件足以打败白狐和大鵟的武器，一种会飞行的武器。"

紫红特别把"会飞行的武器"强调出来。

"会飞行的武器？"长老们听到时，果然一阵惊愕！

紫红看到大家的表情，知道解说策略成功了。于是马上将自己擅自带兵回来之事提出。

"我也要请长老们原谅我，在未收到命令前，就不请自回，而且私自指挥所有军队结集于北边的入口。这是有情不得已的苦衷。如果这件事还要请示长老们，我非常担心事情可能已经演变到来不及的情况。

"什么原因呢？那就是白狐们已经开始试着过更多只一起行动的生活，而不是三四只一起出没。有些甚至试着进入森林生活，找寻食物。在过去几个月里，我们屯驻北方的军队，就不断地遭受到白狐们非常猛烈的攻击，死伤无数。而这些攻击都是出现在意想不到的地方。

"最近的例子是一位领队大华，率队到高原采集时，竟然遭到十来只白狐一起围攻。入林过夜时，白狐居然也敢在夜晚摸进森林边缘。各位想想看，假如有一天，白狐们也适应了森林的生活方式，进入了米谷，这会是多么可怕的事啊！身为保卫者的我们，又如何对所有豆鼠交代呢？

"而最近，各位也都知道，远从东方来了三位客人。它们的到来向我们证实了，我们在百年前就断了音讯的祖先曾居住过的地方，仍然有一片美丽的家园，它还完整地保存着，当年那一片森林跟我们是相连的，但是目前却遇到了极大的生存危机，急待外来的援救。"

这时会场里却传出了一阵鼾声，紫红不得不暂停叙述。长老们把眼光全都扫向发声的位置，赫然发现是那只大森林来的豆鼠绿皮正在打盹。青林急忙用脚踢绿皮，它才蓦然清醒，似乎还不知发生了什么事。紫红看到后，未加理睬，继续它的报告。

"各位，我们从小就被教训，身为一只豆鼠，要懂得什么。

"要爱家，要懂得惜福，珍惜森林的每一方土；更要清楚了解自己是从哪里来的，无论它繁衍多少子孙，无论它如何远行，它总是要回到那里。这就是豆鼠生命的意义。米谷西端森林的大石碑，清晰地刻画着祖先的伟业。而我们一直完整地保护大石碑，究竟是为了什么？就是要时时刻刻提醒每一代的豆鼠，有朝一日，我们也能够回到祖先生长的地方，重新恢复祖先的光荣。

"如今大森林有难，我们更是义不容辞。再加上我提到的白狐生活形态的改变，如果我们不加快脚步，尽早想出对策，不要说大森林，恐怕米谷都有危机。而且我也相信，这个危机绝不是米谷单方面的问题。如果不解决大森林的问题，那么这个危机就依然存在。因为一旦大森林的豆鼠被白狐消灭了，下一个目标就是米谷。

"所以，我在这儿大胆地恳请各位长老接受我的请求，在白狐还未完全适应森林以前，调动米谷的所有兵力，前往大森林援救那儿的豆鼠。我们应该倾力将米谷的武器和栽植技术，传授给那一群数量比我们庞大好几十倍的豆鼠族群，尽速改善大森林恶化的环境，届时我们就可以结合在一起，将两边的森林都大大拓展，恢复豆鼠昔时的荣光。把白狐和大鸳们驱赶至远方，让它们消失，让以后的子孙再也见不到这两种天敌。"

　　紫红将军讲完后，径自回到座位休息，会场顿时鸦雀无声。它环顾四周，长老们很显然都被它这一席话震慑住了。可当它把目光转到大泽身上时，大泽已缓缓站起身来。

　　大泽不疾不徐地说："我想提出一个不同的看法。或许，在发生绑架一事之后，我并不是最适合在这个位置上提出意见的。同时，这个意见相对于前面说的危机情境，又是那么的微不足道。但无论如何，我还是要试着提出来供大家参考，长老们也可以进而更清楚地了解，当初我为何要偷偷命令青林执行绑架的原因。

　　"这几年来，我一直在思考，我们或许不应该每次都要拥有一些大而重的意念，让每一代的豆鼠都要背负这个使命，而无法正常地生活。就像我们在米谷已经能很简单而快乐地生活了，为何还要去开拓北方一样。对不起！又回到以前争执的老问题了。

"是的，我对紫红将军提出的见解深感钦佩，也觉得相当具有远见。任何一只任重道远的豆鼠都该有这种对未来的怀忧。但我并不以为那是最好的方向。紫红将军所提出的问题，基本上仍陷在豆鼠历史宿命的轮回里，仍重复着豆鼠们过去无法逃避的命运，不管豆鼠们再发明任何的武器，都不是最终之道。

"我也怀疑，当我们发明新的对抗武器时，对方难道不会发展出新的还击方式？就像我们开始使用尖刺和弹弓以后，白狐和大鸶遇见我们时，明显变得更加凶残。

"在此，我也想质疑一个不变的问题。为什么一定要回到过去的森林呢？难道我们不能就此放弃这种回到老家的传统观念？难道在米谷，坚守着这个小地方，就无法自足而快乐地生活吗？为了这个回乡，我们将耗费多少生命和时间？还有，各位有把握一定到得了吗？

"各位想想看，自从在米谷以后，我们有遭遇过任何重大的危机吗？我们会担忧未来的生活吗？没有！我们只有在今天，在这个时候，当我们听到紫红将军带来的，还不是很准确、可靠的白狐群讯息下，才觉得外面的世界好像有了巨大的变化。"

　　大泽说到一半，似乎有所顾虑，迟疑了一阵，才继续说道："我个人很佩服紫红将军的军事才能，但它明显地犯了疏离的病症。它像一名长期在边地的豆鼠，不知米谷的目前状况，反而过度忧虑，夸大了事情的严重性。所谓白狐入林，我相信只是个案，也许只是一只白狐母亲带着三四只小狐出来游玩。这件事，列席在旁来自大森林的绿皮刚好就可以作为见证。至于大华队长一行遇到白狐群的围攻、夜袭，可能也只是一群流浪的白狐所为，不该以偏概全。我并不是故意和紫红作对，或者有任何企图，但我真的以为，紫红将军正在制造一种恐怖气氛，将我们带向一个重大的危险情境里。

　　"说到此，各位，也请你们看看紫红将军背后的两位武士，左边是我们米谷的豆鼠火熊，右边的来自大森林的豆鼠，叫红毛。我们高原豆鼠就像火熊一样，都是匀称的体型，而来自大森林的，就明显地过度肥胖。这个告诉我们什么讯息呢？这表示，我们已不是同一个鼠群，我们已各自发展出不同的生活习性，譬如它们专吃扁豆，我们却吃扁豆和其他植物的根茎叶。没错，我们的确是来自大森林，但是经过百年来的变迁，已经是两种明显的不同实体的文化。不论生活价值、饮食习惯……什么都不一样了。试问各位，这种情况下，我们谈什么解救、结合在一起？这样除了强迫彼此要去适应对方的生活习性，又有什么好处？况且，我们有没有问过大森林的豆鼠们，愿不愿意跟我们在一起？各位，我们现在谈的这个回乡的问题，还只是一方的热度而已。万一我们派兵到对方的领域时，它们却不愿意接受呢？"

以红毛和火熊为例，大泽说得虽然没有紫红将军的冠冕堂皇，却句句针对紫红的问题，精彩地提出了强而有力的反驳，尤其是最后的反问，更是让许多长老纷纷点头称是。

紫红将军听到最后一句话时，一股怒气升起，正待再站起说话时，身后的红毛突然跳出来，大声说道："对不起，恕我在这儿大放厥词。大泽最后讲错了，我以大森林派出来的代表向各位保证，我们大森林绝对欢迎高原豆鼠的到来，让我们结合在一起，一起努力来打败白狐和大鹫吧！"

"红毛！这是什么地方？容不得你放肆。"青林站出来大喝道。

红毛听了更加愤怒，正待反驳，紫红已起身阻止，示意它退回。

大泽转头看绿皮，低声问道："你也是大森林的代表，你认为呢？"

绿皮搔头，有点为难，因为它的位阶比红毛低，要对这么重要的意见表示看法，让它颇感为难。所幸，紫红又说话了。

"各位，不论你们如何决定，我都不会有任何异议，假如你们觉得我的意见太荒谬不可行，或者过于冒险了，不予赞同，我马上递交兵权，同时下令将新发明的武器全部焚毁，由长老决定新的带兵官，把军队带回北方继续屯田。我自己会选择放逐的命运，离开米谷。"

紫红终于使出杀手锏，讲重话了。但大家以为它会直接说出威胁的诡辩之话，不料竟以退为进。

长老们都吓了一跳，不知如何是好。大竹急忙挺身出来打圆场："我刚刚和大智长老交换了一下意见，兹事体大，关系到米谷的未来，现在要我们在十几分钟的时间内就拍板定夺，实在太草率了。我们也赞同紫红将军所说的时间紧迫，但我们还是要用心再思考一阵，是否能够黄昏时再来做最后的决定呢？"

紫红表示没有意见。其他长老自然不用说了。于是会议裁决傍晚再重新讨论，决定是否要接受紫红的提案。

　　会议暂时告一段落，紫红将军马上邀请长老们在会议重启之前，不妨到荒原观看军队演练飞行武器。长老们觉得要做这个决定，原本就跟这个飞行武器有重要的关系，遂答应了。大泽却不想去，它觉得这是紫红用来游说长老们的方法。可是，眼看大部分长老都要前往荒原，它也不得不跟随前往。毕竟飞行武器是什么东西，为何能够主动攻击大鹫和白狐，它也相当好奇。

贰 拾 贰

趁豆鼠们准备前往荒原时，绿皮急忙走到红毛旁边，偷偷地拉住它，忧心地问道："你怎么会变成紫红的随身侍卫，受它利用？"

"什么受它利用？不要乱讲，"红毛很不高兴，转而冷然反问，"你是怎么抵达这儿的？"

"可是，它明明是在威胁整个米谷，甚至我们的森林都要遭受波及。"绿皮急着想透过红毛知道紫红的企图。自己的事，它倒不觉得那么重要。

红毛板起脸，厉声道："你不要乱说，不然，我就对你不客气了。你显然是受到大泽那个阴谋者的影响。请记住，你是大森林的豆鼠，不是米谷的，刚才你的表现很糟糕，不要逼我回去向大森林的长老告你一状。"

"我是大森林的豆鼠，抑或是米谷的，有什么关系呢?"绿皮很不以为然,但被红毛这一训,它也愣住了,怏然退到一角。久未见面,红毛显然改变许多,到底它在北边遇到什么事呢?还有菊子呢?绿皮更加忧心,顾不得红毛在生气,又趋前询问菊子的下落。

红毛很不耐烦地告诉它,菊子和军队在林子边缘等候。说完,扬手一摆,就快步赶上往荒原出发的高原豆鼠。

绿皮不知如何是好,大泽和青林正巧走来,准备到荒原。于是,三只豆鼠继续谈到早上的辩论。大泽分析,紫红用了一种置之死地而后生的战术,试图逼迫长老们投票赞成它的意见。这是它最厉害的一招。长老们如果不同意,它相信紫红真的会隐退,但它的隐退会导致军队的动荡,届时没有豆鼠镇得住。这一状态下,长老们又必须请紫红出来才能稳定军心。长老们绝不愿看到这种场面。何况紫红的说法是那样动人而无私,表面看来完全是从豆鼠未来的幸福着想。

"那我们该怎么办?"绿皮才开口问青林,自己便愣住,为什么用了"我们"这两个字?

正如红毛的讥讽,它已经整个站在大泽这边去考虑事情了。它自己也不知道为何如此,它只是直觉大泽是对的,紫红将军说得虽有理,但白狐消灭得了吗?当它在溪边草原看到白狐母亲带着小狐在嬉戏时,它就觉得每种动

豆鼠回家

物都有它们不为人知的和善一面，它们会杀害豆鼠，显然也是为了生活。如果消灭了白狐，豆鼠们难道就能无忧无虑地生活？白狐、大鵟在荒原，豆鼠在森林，多半时候相安无事，不正是这个世界应该出现的平衡状态吗？是的！它认同大泽这种说法。

所以，绿皮最后的定论是，高原豆鼠留在米谷是对的，就像大森林的豆鼠也不应该出来，而它们只要带着技术回去传授就好，大森林也能轻松获救，不需如此劳师动众。

绿皮听到紫红在会议上提到放逐，因而也趁机追问青林："过去有豆鼠被放逐吗？"

"嗯！以前有一只叫灰光的豆鼠，一直反对紫红将军的拓荒政策。它暗地里策反紫红，却被其他豆鼠发现。长老们开会，决定将它放逐。当时有一群豆鼠跟着它出去流亡，直到现在都未曾回来。几年前，据说它们企图回来，但是被紫红将军阻止了，后来就无声无息，很可能都被大鵟或白狐吃光了。它们的想法和大泽比较接近，不！应该说是有些偏激的。它们一直希望好好经营米谷，不要和外界接触；接触只会引来可怕的灾难。那灰光以前还是长老之一，如果它还在，你们不只是被绑架，恐怕，早已经被丢到高原让白狐吃掉了。"

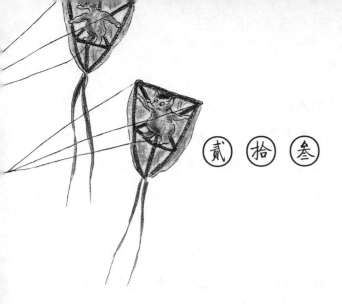

贰 拾 叁

　　若不是亲眼看见，谁相信豆鼠也能飞呢？北方来的豆鼠军队获悉命令后，已经将十只布鸢放到天空，排成一列，迎接长老们的到来。长老们自然被眼前天空的景象所震慑。包括大泽和绿皮等豆鼠，不禁都摇头赞叹紫红将军的才能。

　　紧接着，十只布鸢的侧面，有二三十只豆鼠操纵的小布鸢飞出。指挥的缺耳在长老们旁边解释，小布鸢代表着大鵟来攻击。

　　这时，架着十只布鸢的豆鼠们纷纷转向，正对着小布鸢，并取出弹弓，向小布鸢射击。每只小布鸢都被击中，有的还被打穿。

　　采收车也成排出笼了。总共有十架新的采收车排成横队，向远方一群佯装白狐群的草堆展开攻击。采收车发射

 豆鼠回家

出一连串石块，纷纷猛力地击到远方的草堆上，把草堆打得七零八落。

众长老惊讶于飞行武器之余，再看到采收车上的石块能飞得如此之远，不禁对紫红的才能更加肯定。显然，这种肯定也产生了移情作用，长老们对紫红早上的意见无疑有了较大的认同。毕竟它已经做出了划时代的创举，没有豆鼠会再质疑它为何私自带兵回来了。连大泽看到飞行武器时，都知道傍晚的会议已经提前有了答案。

绿皮趁着长老们观赏武器表演时，进入豆鼠的营地里去找菊子，没多久便找到它了。它看到菊子劈头就问："红毛怎么了？"

菊子只是苦笑，要绿皮镇静下来。菊子偷偷和绿皮研判，整个情势已经不是大泽或任何豆鼠所能转变，也不是它们三只豆鼠将来要如何回大森林的问题。现在是，可能将有大批高原豆鼠和它们一起回去。

菊子并不担心红毛变节，不，应该说是已经不在意一只豆鼠的立场。它现在有更大更重要的烦恼。大森林的危机已经迫在眉睫！高原豆鼠如果前往大森林，不一定对大森林有利。自己的族群虽然数量多，但武器优势在高原豆鼠身上，将来大森林的豆鼠一定会成为弱势的一群，遭到高原豆鼠们的欺压。怎么办呢？除非能在高原豆鼠的军队开拔前，先一步赶回大森林去，让大森林的豆鼠们知道情况，设法阻止高原豆鼠的到来。

绿皮觉得菊子的分析颇有道理，但光凭它们两只豆鼠如何回去呢？菊子未免太天真了。

看完飞行操练，傍晚的会议果然是一面倒地倾向紫红将军。起初虽还有一些零星的质疑，比方如何带兵前往，路线是哪一条，这些在紫红辩才无碍下，都被圆满地答复了。它还提出如何布阵，如何主动攻击白狐和大鹫的方法。

尽管大泽心中仍多所疑虑，但投票前它的立场不容多言，此外也没有长老提出更强力的反对意见。投票的结果，果然一如大泽预期：紫红派兵前往大森林，进而攻击白狐、大鹫的建议也获得通过。长老们授权它，此后有绝对的权力指挥所有米谷的豆鼠，进行前往大森林的远征。

尽管最后通过了，大泽终究还是举手，在长老面前提出了一个实际的重要问题："大森林豆鼠真的会接受我们的到来吗？"

投票都已经结束了，大泽还如此找麻烦，红毛和火熊一行听到了，都觉得大泽分明是故意刁难。紫红将军却不以为意，如何击败大鹫和白狐这是它带兵的问题，自然无大泽置喙的余地，但大泽最后提出的问题，相信是许多长老心中的疑惑。紫红环顾长老们，大家果然也都渴望它讲清楚。

"我有一个绝对可以说服它们的方法，"它缓缓地开口，"我决定把大石碑运到大森林去。"

毕竟大森林的豆鼠并非每一只都像红毛一样。当第一次接触到菊子时，紫红便知道，在大森林，像菊子这样的豆鼠恐怕会比红毛还多。要让菊子这一类豆鼠心服口服，是要有非常手段的，所以紫红才会提出这么一个大胆的建议。

运送大石碑！长老们听到时，每一个都惊得站起身来。那么大而笨重的石碑，怎么运送呢？

可那紫红将军一句话就把它们又压住了："大石碑以前也是从高原运过来的，当年能运，今天有更好的技术，运送更不成问题。"

紫红的构想里，除了在北方屯驻的豆鼠士兵作为主要的作战部队外，它还希望原先在米谷的军队全力支持，既负责运补扁豆等食物，同时得肩负大石碑的运送。它希望这些事能由青林来负责督饬。

不过，这件事连先前支持紫红的大光长老也感到犹疑，当时运送只是一点路程，现在可是要横越高原，又要作战。那可是长达一个星期多的路程。

　　长老们再想到那高原险峻的峭壁，不免心惊。但紫红显然已经准备允当，又展示了一张先前准备好的长图，由红毛和火熊摊开。那是一辆非常大型的木柴车，装置了四对大石轮，足以承载和运送大石碑。前面则由一群豆鼠拉车。届时大石碑会用藤绳牢牢绑在车上。

　　在长老们忧心的高原崖壁，紫红也设计了一种大型的滑轮，可以将大石碑慢慢地垂放到山脚。紫红还特别在木柴车旁画了好几只布鸢和采收车，表示木柴车下高原时，旁边一定有布鸢随旁监视，避免大鸳或白狐的突袭。

　　"可是，把一个大石碑运到大森林，对方就会因为这样一个古老的大石碑，接受和高原豆鼠一起生活？"大泽继续提出疑虑。

　　紫红大笑，再跟长老们分析："我们带了解救它们森林危机的技术和武器，同时将它们失落的祖先宝物，千里迢迢送回去。这样先进的技术，它们一定会惊叹的。如果拒绝，那么我们也只有将技术和武器全部撤回了，让它们的森林自生自灭，绝不加以干扰。你想事情会这么糟

  豆鼠回家

糕吗？"

"万一，它们真的拒绝呢？这点还是要考虑进去的。我们总不可能一次远行，带着来回的食物。"

这样的可能性虽然微乎其微，但是当紫红率领的是整个米谷的大军时，就不得不仔细想妥每一个可能。何况大泽已经提出问题，就必须回答。

紫红陷入了沉思，隐隐感觉大泽果然思考缜密，自己竟未思及此一可能的状态。

再者，紫红口头虽说撤回，但它明白，如果事情真如大泽所云，那恐怕就要和大森林的豆鼠做一次决战，这样就未免太悲哀了。

长老们都在等待紫红回答时，红毛却从紫红旁边冲出来："各位长老，不会的，我们大森林的豆鼠从来没有听说过战争，也不会合力去对付外来的豆鼠，我们是爱好和平的。大森林派我们出来，主要的目的就是希望我们找到传说中的'歌地'，为大森林找到出路。我们的森林正在面临灭亡的危机，欢迎你们都来不及了，怎么可能拒绝呢？这也是我今天会站在这里的原因。希望你们快一点来，一起来保护大森林。我相信届时许多我的同伴，也都希望和高原豆鼠共同建立一个广阔的、永远看不到白狐和大鵟的世界。"

紫红相当感激红毛挺身帮它解释，解决了它难以作答的困窘。红毛意犹未尽，眼看没有长老阻止，它指着大泽怒气冲天地说："而你，当我们第一次遇到你，表达我们的来意时，你口头说欢迎，却暗地里派人绑架我们，生怕我们和其他豆鼠联络上。"

红毛这一指责，又把先前长老们尽量避开的绑架之事摆到台面。紫红虽觉得红毛这样做不妥，暗地里却很高兴把矛头又对准到大泽的品德。

大泽再度尴尬起来，转身看了一下绿皮，希望它也出来讲话，妙的是，绿皮竟在这个重要关头又打起盹来。大泽不得不苦笑，知道挡不了了，遂仰天长叹："时也，命也！罢了！"

贰 拾 肆

横越大荒漠，

重建豆鼠王国。

这是高原豆鼠最近流行的口号。在紫红
将军和长老们的号召下，整个米谷开始动员
起来，准备迎接这个大时代的来临，到处都有
豆鼠忙上忙下。

为了制造一辆可以装运大石碑的木柴车，还有许许多
多的运粮车、采收车，以及各种武器，许多大树都被砍
伐。为了制造各类用途的藤绳，许多扁豆的树藤也被割
断。没有一只豆鼠不是在为前往大森林而准备、忙碌。只
有一只豆鼠是例外。

它就是大泽。每天它自家门探出头，冷漠地看几眼，

又埋首于自己的研究和地图绘制当中。它已没有勇气走出家门，走到各地去观看米谷现在的状况。想到自己努力保护、经营的森林，正在被豆鼠士兵大肆砍伐，它不得不怀疑，自己多年的努力到底意义何在。现在，也没有什么访客到来，偶尔只有青林和绿皮去看它了。

青林变成绿皮经常求教、探询事情的朋友。不过，青林并未闲着。紫红将军明明知道它是大泽的爱将，却百分百信赖地将大石碑这等大事交给它督运，不仅让它深受感动，也充满荣光。

紫红将军这一招相当厉害，一来向大家显示他已拉拢了大泽的主要属下，二则让青林感觉自己受到重视。青林一忙，绿皮也跟着到处走逛，学了不少事物，对高原豆鼠们的习性也更为熟悉。有时，绿皮摸自己的肚腹，突然发觉肚皮瘦了许多，也不知是扁豆吃得少，还是日子太忙碌，反正自己愈来愈像一只高原豆鼠了。

有一天，青林和绿皮再去拜访大泽，才一进门，就听到大泽的叹气声。大泽显然知道它们到来，故意大声地自言自语："唉，一次出征，砍伐的树木竟然这么多！森林经过一次的破坏，却要经过好几世代的努力才能恢复旧观。"

两只豆鼠面面相觑，不便说什么，愣在门口不敢进入。

  豆鼠回家

"进来吧！"大泽在里面叫道。

进去后，它们还是不知如何开口。

"最近，紫红又宣布什么了吗？"大泽问道。

"紫红将军说，为了将来更长远的和平与快乐的生活，砍伐树林是必须忍耐的。北方回来的士兵们也到处宣传，前往大森林的好处。截至目前，豆鼠们并没有多少抱怨的声音。"青林吞吞吐吐地报告近来情况。

"以后就会抱怨了，"大泽似乎有点在说气话，但随即冷静下来，"现在有没有决定多少只豆鼠要前往，又有多少豆鼠愿意留下？"

"留下的可能不多，多半是老年和残弱的病患。"青林低声说道。

大泽听了，许久不语，喟然叹道："豆鼠们知道我也要留下来吗？"

青林点头，又急忙解释道："紫红将军一直在灌输一种精神教育，让不愿意去的豆鼠怀有愧疚感。"

"你指挥大石碑的搬运工作还顺利吗？"

青林点点头，不敢再多说什么，也无法揣测大泽到底在想什么。

"你也会一路跟到大森林吗？"大泽再问道。

"我?"青林有点尴尬,"绿皮希望我跟它去大森林,见识一下新的世界。我觉得这是一个难得的机会。所以,哦,不过,如果您希望我留下来,我一定放弃这个机会,我会跟紫红将军沟通,只把大石碑安全运送到高原下即回。"

"不用了,"大泽转身背着它,摇摇手,"出去看看也好!应该会有新的收获!"

这下气氛变得尴尬极了,青林和绿皮更不知如何对话。现在外面都谣传,大泽想要陷害紫红将军的阴谋已被紫红将军识破,紫红将军却未对大泽怀恨,反而礼让大泽。还有一种说法更加恶毒,大概是说大泽为了争取权位,结果被长老们发现,这才邀请紫红将军率军队回来掌权。曾经受豆鼠们爱戴的大泽,现在已经是豆鼠们轻视、揶揄的对象,除了一些上年纪的豆鼠还对它保持良好印象外,年轻的豆鼠似乎都忘了它是维护米谷森林、带来美好生活的大功臣。

关于这些谣传,紫红将军早先也知道了。它觉得并不是很好,还特别前来拜访大泽好几回,希望米谷的豆鼠们了解它们仍是相当好的朋友。未料,竟适得其反,豆鼠们更加感受到紫红将军的宽厚。也或许,这是紫红故意做出的动作,让豆鼠们对紫红的不计前嫌更添好感,但到底真相为何，恐怕也只有紫红自己晓得。

绿皮和青林正要离开时，紫红将军又来拜访了。紫红这回是来向大泽请教。它虽然有十足的信心，自己的军队一定能击败敌人，但对于运送粮食之事，始终想不出妥善的方法。这么长的路程，食物如何保存和获得呢？这方面的事只有大泽才能帮它解决。

紫红和大泽在屋内密谈时，青林和绿皮退出，正好遇到陪着紫红到来的红毛。

最近它们也很少接触。随着北方的士兵入林以后，红毛似乎也很忙，经常陪着紫红将军到处巡视。而菊子虽然搬入林内，和绿皮住在一起了，但举止变得异常诡秘，经常不见踪影，不知去了哪里。

"最近都在忙些什么？"绿皮问道。

"你明知故问？除了回大森林的事，还能忙什么。"红毛冷眼瞧它，觉得绿皮问的话很奇怪，仿佛刻意寻找话题，"你看来瘦了不少，差一点认不出来了。菊子呢？怎么没有跟你们在一起？"

"不知道，它最近到处跑，都很晚才回来。我常碰不到。"绿皮转而问道，"马上要回家了，有没有什么感受？"

"学了很多东西，将来回到大森林应该可以有许多贡献。"

"假如高原豆鼠去了大森林，将来大森林若由高原豆鼠治理，你怎么办呢？"

"那时再说吧，反正都是豆鼠，应该不会有什么问题。"红毛觉得绿皮忧虑的，都是鸡毛蒜皮之事，根本不需这时来担心。它现在和紫红将军都在烦恼，如何安全地护送大石碑，以及引诱白狐到高原，和它们进行殊死战，还有如何跟大鸶进行最后的决斗。

"那些布鸢真的能击败大鸶吗？"绿皮再问道。

红毛一如所有北方的豆鼠士兵，信心十足："我飞过，而且射击过，绝对没问题，我们一定能击败大鸶和白狐。"对于差点丧命之经历，红毛全然不以为意。

"飞行的感觉如何？"绿皮好奇继续追问。

"很好啊！但心里必须要有一种雄心壮志，这样飞行才会变得有意义起来。如果没有这份心意，飞行是毫无价值的！"红毛自以为是地解释，"像你这样三心二意的豆鼠，就相当不适合当飞行员。"

"为什么要当紫红将军的卫士呢？"绿皮忍不住，还是问到老话题了。

红毛不高兴了："你可能不知，要当紫红将军的卫士，并不是那么简单的事。你必须有高超的智慧和无畏的勇气，以及强健的体魄。"红毛故意用最后一句话，刺激绿皮。

绿皮苦笑道："这是我一辈子都当不了的事了！能当上探险队员，已经是我生命最大的极限。"

"我在北方时，有一次掉落到崖壁，是紫红将军下令彻夜搜索，才把我从死亡边缘救回来的。不然我这条命早就没有了。今天能当上它的卫士，是我的光荣，我会为紫红将军做一切它想完成的事。"红毛斩钉截铁地说。

"如果在紫红和大森林之间要你选择，你会选择哪一个？"

"它们是一体的。我一定会带将军回到大森林，将军一直告诉我，那儿就是它的原乡，要死也要回到祖先的家园倒地。"

绿皮隐然感受到，红毛对这位霸气十足的将军有着强烈的崇拜。决定前往大森林后，紫红又开始披着黑色斗篷，四处巡视。绿皮虽然没有真正和这位将军直接接触，但光是看它的打扮，绿皮更加确信紫红是一只野心勃勃的豆鼠。就像大泽的隐忧，紫红最大的兴趣，必然是把整个豆鼠世界归于它的领导下。但这个事，它现在不便和红毛争辩了，免得彼此又闹翻脸。如今在青林面前，它也不敢多说紫红什么了。

终于，运送大石碑的木柴车建好了。这辆估计可坐上一百只豆鼠的木柴车，少说用了二十株大树。隔天清晨，豆鼠们决定把大石碑弄倒，横放到木柴车里去。入车前夜，紫红将军还亲自来巡视。

青林自是不敢怠慢，大清早便催促绿皮一起赶到现场去监督了。

它们赶到时，大石碑才开挖。为了将大石碑安稳地放倒，豆鼠们必须先用藤绳绑妥大石碑，另一端再绑住附近的树木，始能小心而妥当地将大石碑四周的泥土挖清。接着，再清理大石碑周遭的石块地基，一块一块小心地运走。

地基挖到一半时，绿皮随着青林在四周检视，突然发现某一角落的土里露出一些白色的骨头："你看这是什么东西？"

"大概是大鸳或白狐吃掉的猎物骨头吧？"青林研判。

"不，是豆鼠的！"绿皮翻开泥土，找到了更多，"奇怪，这儿怎么有那么多骨头？白狐不可能一次捕获那么多。再说，如果是豆鼠的，被白狐吃掉的话，应该会到处四散啊！为什么这些都是完整的呢？"

"也许是饿死的？"青林蹲下来检视。

"怎么可能集体饿死在一个位置上？"绿皮不以为然，"你看，那边还有一堆。难道当时也有战争？"

"不是！是另一个原因！"

它们听到背后的声音，吓了一跳，同时回头看，竟是大泽。蛰伏好几天后，它终于出来观看了。无疑，大泽也非常关心大石碑的开挖，才会一大早便赶来这儿。

"到底为什么会集体死去呢？会不会是内战？"绿皮追问。

"我想是建大石碑的关系。"大泽黯然说道。

"大石碑？"绿皮和青林皆不懂，面面相觑。

"当时要把大石碑建起来时，想必动员了许多豆鼠来搬动。可是这项工程相当浩大，光是挖大坑、埋石，以及把大石碑竖起，就是门大学问。当时又完全没有经验，立碑的过程肯定牺牲了不少豆鼠，这是可以想象的。"

"可是并没有这样的传说或根据啊！"青林怀疑道。

"这种不快的事，谁会让它流传呢？我想，当时的统治者一定下令禁止说出。你再仔细检查，看看这些完整的骨头和我们的是不是不一样。第一，它们的骨架平均比高原豆鼠的略粗大，这表示，它们可能是大森林跟米谷连结时，那个时代豆鼠的遗骸。第二，有些骨头还是整片扁平、碎裂的。为何如此？这并非是埋葬太久，而是被石块压到造成的结果。"

"照你这么说，当时为了搭建这座大石碑，可能死去不少豆鼠？"

"很不幸，恐怕是如此！"大泽点头。

绿皮听了沉默不语，如果大泽的推测属实，这样不吉祥的遗物，后代豆鼠却要再一次花费很大的力气，把它运往大森林，不是很讽刺吗？

"现在技术较好，应该不会有危险了。"青林满怀信心，很显然它不尽然认同大泽的说法。或许是因为自己正在执行搬运的任务吧！它说完后，转身便要去工作。

 豆鼠回家

大泽叫住它："这事我们知道就好，不要传出去，免得别的豆鼠说我在胡乱造谣。"

青林点头，转而又对部属下令，继续挖土。趁大伙儿在忙，大泽静静地离开了。

绿皮再低头思忖时，发现地面上的大石碑阴影，仿佛在日出的阳光下慢慢地延伸。再抬头瞧大石碑庞然的姿势，它不由得全身打起冷战。

绿皮倒退了两三步，转头一看，菊子竟也在附近，挤在一些老豆鼠和小豆鼠间，观看大石碑开挖的情形。而且，正瞧着它呢！它遂走过去和它搭讪。

"你怎么也跑来了？"绿皮好奇地问道。

"它们真要把这个东西运到大森林吗？"菊子一脸怒容，像是全世界都得罪了它。

看到绿皮一脸无辜状，菊子更加生气，声音愈拉愈高："它们为什么不问问我这个大森林来的代表呢？那紫红算什么？没有我们的同意，它凭什么带高原豆鼠去大森林？就凭那一点武器和技术，以为整个大森林就要听它的？"

"嘘！你说话要小心一点，四周都是高原豆鼠。"绿皮低声劝阻道。

"怕什么，我还希望它们全都知道呢！我是大森林的代表。我代表大森林不欢迎高原豆鼠去我们的家乡。"菊子对着旁边观看的豆鼠喊道。

绿皮急忙把它往外拉："菊子，你不要胡闹了。现在整个局面已经不是我们能控制的，只能走到哪儿算哪儿。"

"哼！谁说的，只要我有一口气在，它们就别想得逞！"菊子继续大吼。

绿皮加大步伐，把菊子带到僻静角落，以免它惹是生非。菊子不知受到什么刺激，看来有点神经错乱了，时而仰天长叹，时而捧腹大笑。

"你笑什么？"绿皮不解。

"我笑你啊！你不要以为我精神失常。你和红毛根本搞不清状况，忘了自己原先的任务。不要忘了，我们是来找'歌地'的。如今我们确定有这个地方，就应该早点回去报告。可是，你们现在竟在这儿享福，放着大森林豆鼠的死活不管。"

"我们不是要和高原豆鼠回去了吗？"绿皮一开口，就知道自己说错话了。

果然那菊子更加愤怒："跟高原豆鼠回去？老天！你果然中毒了，大森林真是白养你了。如果跟高原豆鼠的军队回去，你就是大森林的敌人，甚至到死都会遭到大森林豆鼠的咒骂。"

绿皮有点尴尬，不知如何是好，菊子说得并非全然没有道理。可是，事情的演变，怎么可能是它们一两只豆鼠所能掌握得了呢？它悲观地想。

"走，跟我来！"菊子下命令。

去哪里呢？绿皮虽狐疑，却不敢不从。它随着菊子一路向东，最后竟穿过米谷森林，一直走到森林通往高原的桥边。

"来这里干什么呢？难道你要先回去？"绿皮大惊。

"正是！算你还有脑筋，不像那红毛，完全不行了。现在，我也只有寄望你。我们之中，只要有一个先回到大森林，报告一路的状况，同时将我的竹简交给长老们，就算达成任务了。如此一来，大森林的豆鼠也有时间事先思考高原豆鼠到来的问题。"

"怎么走呢？你什么都没有。"

"哈！哈！我就说你真的是一点危机意识都没有，我早已经准备了一堆食物和武器，甚至连紫红重要的武器图谱，都画入竹简。来，我带你到一个地方。"

菊子说完，便带它钻入小路旁边一处隐秘的草丛里。

菊子把一堆干草掀开，里面赫然是许多新鲜的扁豆、水袋、尖刺和弹弓，还有那卷菊子日夜手绘的竹简。更让绿皮惊讶的是，竟然还有块茎和叶子。

"这玩意儿，我可是不吃的，我是特别为你准备的。"菊子指着块茎和叶子。

绿皮惊讶得说不出话来，但这么多东西如何带走呢？绿皮才想到这个问题，菊子已经跑到另一个角落，掀开了另一处草堆。那儿赫然有一辆小型的木柴车，一只豆鼠便能轻易拉动，那还是高原豆鼠发明的。

"有运粮车载运食物，晚上前进，白天休息，一定可以安然返家。"菊子很得意。

绿皮不知如何反对。

"走吧！趁高原豆鼠还没有发现，我们先溜走，赶回大森林去报告。这样我们便能成为大森林后代尊敬的英雄。我们出来的目的已完成，'歌地'已经被找到，况且还带回武器和副食品。身为探险队员，还有什么比这个成就更大的呢？"菊子继续分析道。

绿皮几乎被它说动，原本都要答应了，可一开口讲得却不一样："菊子，情势不由人，你是不是也请仔细考虑，跟大家一起回去吧！"它很无奈而充满歉意地看着菊子。

"老天，一起回去？我菊子就算疯了也知道，什么对大森林是好的事，什么是坏的。好！好！绿皮，大森林养你育你，没想到你竟然如此背叛家园。你真是可耻。罢了，罢了，我自己走！"菊子气愤地斥责，边骂边把食物和武器都放到木柴车上。

"你误会我的意思了，我想说的是，这条路很危险，光凭你或我不可能走得回去。我们来的时候，遇到多少危险，又阵亡多少队友？留下来，再仔细考虑吧！"绿皮哀求道。

"哼！没用的家伙，我早料准你不会跟我走，闪到一边去。"菊子完全不理会绿皮，拉着木柴车便往高原行去。

绿皮急忙挡到它前面。

菊子看到它如此，更加愤怒，突地从木柴车里抽出尖刺，便往绿皮身上刺去。绿皮没想到菊子出手竟如此快速而且狠心。它来不及躲闪，那尖刺直接刺入肚腹。

菊子刺到时，愣住了，但眼看绿皮倒下时还慌忙向它示意不要离去，于是愈加气愤，随即把块茎和叶子抽出，狂乱地丢到它身上："把你的这些米谷的烂东西吃掉，省得浪费我的空间。"

绿皮痛苦地倒在地上，捧着轻微流血的肚腹，眼睁睁地望着菊子远去。它知道菊子这一去，恐怕凶多吉少。绿皮也只有真心祈祷，希望它一路上能避开白狐和大鸳，能安抵大森林。虽然那概率微乎其微，但说不定真的就被菊子达成了。菊子消失在林子后，绿皮干脆横躺，仰望着天空，茫然地吟诵：

回家的路只有一种颜色

白白的，早已用记忆铺好

还好有个大肚子！那绿皮摸了一下肚皮，只是有点皮肉之伤，出了点血，并未有什么大碍。刚才它刻意倒地不起，若是仍站得挺挺的，不知菊子会不会再补刺一刀？

菊子怎么那么钻牛角尖，变得如此胡思乱想呢？还有，红毛也幡然改变，是不是因为到了米谷才如此？会不会自己也走了样，只是无能力自省？走回大石碑的路上，它尽是想着这一路上它们三只豆鼠的遭遇，以及这些日子以来所争辩的问题。

绿皮回到大石碑时，那儿正乱哄哄的。一群豆鼠士兵把两三只受伤的豆鼠抬上担架，正要送往急救的地方。到底发生了什么事呢？绿皮吓了一跳，正想往前探个究竟

豆鼠回家

时，青林铁青着脸走过来。

"发生了什么事？"绿皮追上前问道。

"一条绑大石碑的藤绳突然断裂，大石碑摇动了一下，把旁边工作的豆鼠撞伤了。"

"果然被大泽说中了。"绿皮说。

"你不要乱说！这只是藤绳断裂而已，再绑上去就可以解决了。不要附会一些没根据的说法。"青林很不高兴地制止绿皮的胡乱臆测。

绿皮可不觉得自己是胡乱臆测，那大石碑代表的意义真的如紫红说的那么重大吗？还是只是一个象征而已？为了搬动这个大石碑，动员这么多豆鼠，砍伐这么多大树，既劳民又伤土，不正具体而微地显示了紫红的霸气和自私吗？这一切都只是为了满足它个人的野心罢了。还有大泽推断的白骨的来历，更让它心寒。

自从答应和紫红去大森林以后，青林也变了。上回青林跟大泽说，要去大森林一事是绿皮鼓励它的。当时绿皮听了便愣住，什么时候自己讲过这一句话？它原本还以为是青林胡乱搪塞的话，现在看来，恐怕有更长远的意图。青林努力工作，明显地都是为了求取表现，讨好紫红将军。它已经不是早先那位崇拜大泽的小队长了。

这时，紫红将军也风闻意外，率兵赶来探视情形，并且慰问受伤的豆鼠。它聆听青林的报告后，特别嘱咐，不要让受伤的事传布出去。大石碑的搬移工作继续展开。没过多久，大石碑就被悬空。当它被放置到巨大的木柴车上时，豆鼠们发出了欢声雷动的喝彩，到处都有号角响起的庆祝声。

"你看，我们以为很难的事，还不是解决了。"青林走过来拍拍绿皮的肩膀。

"还有很长的路要走呢！"绿皮不便说什么，只是好心地提醒它。

那天下午，在青林督导下，很快将大石碑先运送到米谷前往高原的出口，也就是菊子离去的位置附近。

木柴车经过米谷的林道时，几乎所有豆鼠都出来观看，好像在迎接英雄般地欢呼。不过，又发生了一点小小的意外。出口处的那座木桥因为承受不住石碑重量，竟然从中断裂。所幸，木柴车已经安然跨过去。

当夜，紫红将军在青林陪同下，又前往大泽住处拜访。明天就要出发了，紫红将军去拜会大泽做什么呢？

这点连被拜访的大泽都感到意外。经过紫红将军的解说，它才明白。原来，紫红将军希望，明天的远征能够让豆鼠们觉得这是一桩大家共同参与、共同期待的大事；高原豆鼠们都团结在一起，连大泽也在行列之中。它更希望大泽能够放弃蛰居的想法，随大军一起前往大森林。

但大泽还是拒绝了，它可以改变态度，支持紫红前往大森林，却不能放弃自己的理想。大泽还是想在米谷待下来，继续实验自足的生活方式。

紫红生怕伤了大泽的心，谨慎地规劝道："我们若去了大森林，当大森林强大时，这里也会成为大森林的一部分，你的自立自足想法，恐怕会变得很不实际。"

"等你去了再说吧，"大泽苦笑道，"你的敌人正在路上等着，你还有得烦恼呢！"

"那么至少答应一件事吧！"紫红知道勉强不了了，只好退而求其次。

"什么事？"

"明天是否可以代表留下来的豆鼠们，至少送我们到高原，提高出征士兵们的士气。"

大泽没考虑多久，便点头了。看到大泽应许，紫红将军总算松了口气。其实，它早已判定大泽不可能随队远行，只是比较担心的是，若士兵们出发了，它也不来送行，会让大家感觉这趟旅行没有一个好的开始。如果能让大泽在士兵们出发前发表演说，相信是最能鼓舞士气的。现在，大泽答应了，而且答应送行到高原口，事情总算圆满。

那一夜，它也在部队里召开出发前的带队讨论。虽然最后还是有了眉目，但争执的情形让紫红几乎彻夜未眠，第二天出发时，它的精神状况并非很好。

原来紫红将军召集缺耳、青林、火熊、红毛和大华等队长一起讨论时，这些部属之间有了严重相左的意见。

在紫红的心里，原本已有一个谱。它的计划是这样：由火熊和红毛当先锋，一起率领一支轻装的部队，只带着尖刺和弹弓，在大军之前先行搜寻。接着，由它亲自率领重装部队和主要的作战士兵，采收车、布鸢都随侍在旁。其次是青林护送大石碑的木柴车，以及大华带领的运粮部队。这两支队伍都有采收车和布鸢紧跟着护送。最后，缺耳再带着一支轻装部队押后。

最有意义的是，在青林的建议下，它们也带了一群黑云雀帮忙，跟随豆鼠军队做探哨，通知豆鼠们白狐群的突击。

这种派兵遣将的构想来自青林，紫红觉得十分可行，但红毛和缺耳却极力反对。缺耳认为如果白狐群先攻击运粮队，主力部队可能无法赶回来援救，届时粮食可能遭到破坏。红毛顺势建议，倒不如混合成队，才有可能全面保护，以免顾此失彼。

不过，紫红还是采用了青林的意见。它知道，这个决定让缺耳和红毛难以接受。但它自有主见，不容它们再多说。

有时紫红觉得比较苦恼的，反而是这类部属间相处的问题；和白狐、大鸳作战，仿佛比较容易。火熊和红毛显然已形成一个派系，而缺耳和大华又是另一派的领导者。青林则掌握了原来米谷的高原豆鼠，同时和长老联成一线。紫红看得清楚，也深谙它们之间的矛盾。当大家都认为火熊是紫红的接班者时，紫红在回到米谷之前，却刻意擢升了缺耳，就是借以压制火熊的嚣张。现在要远征了，它又给予青林调兵的实权，以制衡缺耳过分膨大的权力。

火熊的心情最不能平衡了，因为缺耳爬升得太快；要出发了，又有一个外来者青林掌控调兵的实权。紫红当然知道火熊不快，会议结束时，特别将它留下来安抚了好一阵，火熊才宽心地回去。

然而，到底谁适合做米谷大军的第二号指挥官呢？紫红有时会因这个问题而忧心不已。万一自己不幸遇难，谁来接班呢？火熊胸怀大志，但脾气过于火暴，如果接掌豆鼠军队，可能会出现大乱。缺耳有智慧，懂得如何应变，经常有奇招；可是若将位置传给它，又觉得它少了一份雄心壮志，撑不了场面。而青林终究不是自己一手带大的子弟兵，如果由它带领，恐怕北方的豆鼠军队不会服从。给它一个官位，主要也是考虑到能安抚原先在米谷的豆鼠。

当然，只要它活着，这些问题都不会存在。更何况，现在整个军队的实权完整地掌握在它手中。高原豆鼠也都有很清楚的自觉意识，应该不会为了领导权而内斗的。

那晚，紫红将军也仔细地演练了作战计划。这个战斗布阵是刻意安排。紫红希望队伍行经高原时，就能吸引大量白狐群的攻击。届时白狐一定会对准大石碑，认为那是豆鼠的弱点。青林若能挺久一点，让豆鼠的军队做反包围，它们将有机会，把所有白狐群一举歼灭。

另外，下一个最可能激战的时候，应该是豆鼠下高原时，大鸳极有可能利用这时发动成群的攻击，因为这是豆鼠最危险的时刻。其实，运送大石碑有一个好处便在这里，它会是一个吸引敌害前来的诱饵。不论在高原上，或下高原时，大鸳和白狐群都会以为豆鼠们忙着照顾大石碑，而无法对付它们。当然，下高原时可能会遭遇的情况，它也有了万全的准备。

假如这两战都顺利成功，豆鼠们下高原后就能一路顺畅地前往大森林。路程虽然远，但粮食准备充裕下，它们将会有一趟轻松而愉快的旅程。紫红突然幻想起大森林的种种情形，比米谷森林更高大而浓密的树林，以及更加肥美的扁豆，还有那数不尽的豆鼠，推着采收车，以及成千上万的布鸢，飞向蔚蓝的天空……

向大森林出发的日子终于到来。一个
明媚的好日子，不管去或不去，所有米谷
的豆鼠们，都在前往高原的出口集聚，准
备参与这个远征的典礼。

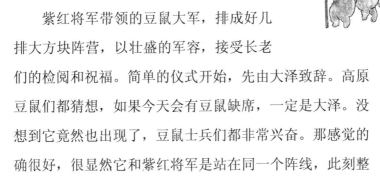

　　紫红将军带领的豆鼠大军，排成好几
排大方块阵营，以壮盛的军容，接受长老
们的检阅和祝福。简单的仪式开始，先由大泽致辞。高原
豆鼠们都猜想，如果今天会有豆鼠缺席，一定是大泽。没
想到它竟然也出现了，豆鼠士兵们都非常兴奋。那感觉的
确很好，很显然它和紫红将军是站在同一个阵线，此刻整
个米谷又联在一块了。

　　大泽站到一座隆重布置的木架台上，简短地致辞：
"我们回乡的路程虽然很遥远，但是只要每只豆鼠都有坚决的意志和信念，天上的祖先们一定会保佑各位的。先祝福各位远征的士兵，都能平安地抵达大森林，也都能平安地回来。为了向各位远征的士兵致以最大的敬意，我将会陪各位走到高原。希望各位在紫红将军英明的领导下，为下一代的子孙开创出一片美丽的天地。我会在米谷设宴，等待你们的归来！"

绿皮站在士兵阵营里仔细听着，觉得大泽讲得甚好。毕竟面对大众，要讲出和心里所想不一样的话是很难的，但这事对大泽显然一点也不困难。大概要做一个领导者，就得有这种本领吧！绿皮猜想。

最后，紫红将军亲自训话了。它依旧戴着那副琥珀镜，同时披着那一身黑色的斗篷，精神抖擞地喊道："敬爱的高原豆鼠们，今天是个风和日丽的好天气！但今天更是一个伟大而光荣的日子，所有参与这场远征大会的豆鼠，都会以亲自创造了历史为荣。将来，你们可以对子孙叙说这个伟大的往事。在过去的豆鼠历史里，从来没有这样的创举，今天将由我们在座的每一位共同来创造。是的！这是个划时代的日子。过去的历史里没有一天比今天更重要！"

紫红愈说愈发激动地举起双手大喊。接着，它突然沉静下来，环顾四周后，又开口了："感谢米谷长老们的鼎力支持，感谢你们信任我、相信我，让我率领我们米谷最优秀的子弟兵，前往东方的大森林，去解救已经百年未曾谋面的另一支豆鼠同胞。有一天，当我们两个族群结合在一起，那将是豆鼠力量最强大的时候。我们以最新颖的武器，结合大森林为数庞大的豆鼠群，这种情形下，豆鼠会怕任何动物吗？"紫红大声地问台下的豆鼠士兵。

"不会！"台下士兵们发出如雷贯耳的大吼声，响彻米谷。

"横越大荒漠，重建豆鼠王国。我们会怕白狐吗？"

"不会！"又是一回共同兴奋地大吼。

"我们会怕大鵟吗？"紫红将军更加声嘶力竭地大喊。

"不会！"豆鼠士兵也喊得更大声了。

"各位有没有信心？"

"有！"

紫红再环顾四周，似乎在对米谷做最后的告别。最后，它斗篷一甩，伸出手，定定地指向高原。士兵更是整齐地喝声雷动。

最先出发的是火熊和红毛率领的先锋部队。接着，紫红将军和送行的大泽、长老们一行缓缓动身。然后，是载着大石碑的木柴车，以及运粮车队。只是队伍拉得颇长，当殿后的缺耳的部队也起身时，火熊一行已经爬上高原观望了。

上抵高原的斜坡有点陡，豆鼠们要把装着大石碑的木柴车运到上面，委实费了相当大的工夫。它们耗费将近一整天，不只动员米谷豆鼠，还仰赖一些北方士兵的支持，才把木柴车拉上去。所幸，这个时间还在紫红事前的预估下。

等高原豆鼠把粮食和武器也全部运上高原时，已经天黑了。从这儿再向前行，通常只需一天的路程就可穿越高原，但紫红还拿不定主意，到底要走几天才抵达。从现在起，完全看白狐们的动向。

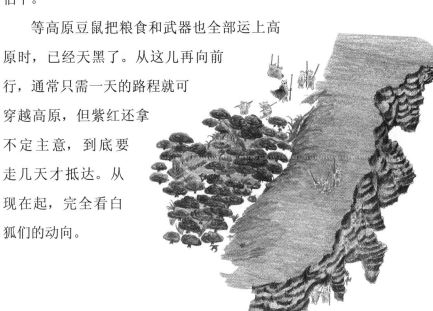

豆鼠们就在高原边缘扎营露宿。部队安顿好后，各队队长马上集聚到紫红面前。火熊带领的先锋部队，在勘查过前方的情形后，也立即回来向紫红报告。

"前面完全没有敌踪。"火熊说。

"一只都没有吗？"紫红诧异道，"有没有任何足迹或奇特的现象？"

火熊依旧摇头。它本想探问紫红将军，看不到一点足迹有何意义，可是，看到紫红沉思不语，遂不敢胡乱发问。

这时，红毛也率队回来了。

"你看到什么没有？"

红毛也摇头。

"没关系，各队严加戒备，有任何状况一定要通知我。"紫红说完，没交代什么便回去休息。各队队长都不知道将军在想什么，草草便结束一场会议。

红毛跑了一整天，累得脚酸背疼，却兴奋得睡不着。能够当上大军的先锋，在高原上奔驰，光荣感让它持续充满亢奋的精神。它坐在自己的部队前憩息。如今当了队长，还有一位贴身的侍卫叫轻毛，每天由它差遣，帮忙处理许多杂务，这样它更能全心全力去练习使用武器，将来回大森林，一定可以好好传授年轻豆鼠，如何对抗白狐和大骘。

当红毛要叫轻毛时，却发现有一只豆鼠走了过来。它仔细瞧，竟然是绿皮。

"我还以为你不回大森林了！没想到竟然在这里出现！找我有什么事呢？"红毛冷然问道。

"菊子已经先走了！"绿皮说。

"走了？去哪里？难道是大森林？"红毛惊讶地问道。

绿皮点点头。

"天啊！你为什么不阻止它？它这样只会去送死的，你知不知道？"红毛蓦然跳起，生气地抓住绿皮怒斥道。

绿皮不快地把红毛推开："你凭什么管我！菊子要走时，你在哪里？你知不知道这几日菊子想什么？你又尽了什么责任？"

红毛被这一责问，有些歉然。绿皮说得正是，这几日来它都忙着为出征的事情打转，不要说什么菊子，连近在眼前的绿皮，这位一起前来的伙伴，它都忘了。

红毛冷静下来，低声说道："它什么时候走的？"

"昨天早上！"

"如果早告诉我，今天或许可以追追看。"红毛惋惜道。

"你可知道，它要回大森林去，将高原豆鼠大军即将前往的消息告诉大森林的同胞。"绿皮说。

"它不可能成功的。我们来时的情况，你也很清楚，"红毛悲观地说，"如果明天能早点穿越高原，我可以先赶下高原，也许还能救它。"

"你看到没有，我身上的伤口。"绿皮指着自己的肚腹。

红毛看到了，愣了一下。

"我想阻挡，菊子却给我这么一刺。"绿皮无奈地说。

"唉，罢了！"红毛叹口气，觉得再谈菊子无啥意义。像它那样目光如豆，是无法看清整个局势的。菊子要做困兽之斗，只得随它了。"如果没有其他事，我想休息了。"

"菊子走时，跟我说过，像你这样回到家园会被咒骂的！"

"那个疯子！你竟然还听它的话！"红毛摇头，"它太过固执，早已失去判断是非的能力了。"

月光出现了，还有繁星满空。绿皮慢慢离开，仰天瞭望，不免叹息，随兴再吟了一首诗。

豆鼠回家

月光高照时

大森林的豆鼠都睡了

也累得不想再醒来

在远方的远方

只有一只年老的

努力清醒着

赶在回家的路上

贰 拾 玖

　　不知是心情愉悦，还是即将返乡，下抵高原后，菊子竟也浮升写诗的心情了。

　　一辈子讨厌诗，还极力反对在公共空间的吟诗活动，怎知，一向志得意满的它，这时竟有创作的冲动。它隐隐感觉身子里有种不安，犹如繁殖季时发情的焦躁。这种年轻豆鼠的欲望，竟会在它身上出现，颇令它感到难堪，甚而有种罪恶感。诗的念头不断缠绕，百般挥之不去下，它只好再取出竹简，借此压抑这种不好的欲望。

　　竹简上要如何交代红毛和绿皮的下落呢？红毛确实背叛了大森林，成为米谷的战士。但那绿皮呢？如何解释绿皮的行径？它就是太消极懦弱了，大森林危难当头，竟如此畏怯，自己才会气得动手刺它。但这样如实记述恐怕会让自己蒙受批评，菊子只好把绿皮的情形改成，出发前可能被米谷的士兵谋害了。

由于粮食准备充裕，菊子选择昼伏夜出，顺利下抵了高原山脚。眼前即是它先前和绿皮、红毛一起穿越的荒原。一路上未遇到半只大鹫和白狐，它觉得很不可思议。或许是老天有眼，要帮它最后一次忙吧！

菊子把行程和日志记录妥善，再次想到快要回家，不免愉悦地哼唱起歌来。只是没唱多久，它也听到了和声。但高原下，死寂一片，怎么可能有别的声音？

它突然惊出一身冷汗，吓得跳了起来，抓起尖刺准备对抗。这时，那唱歌的声音也停了。菊子不断哆嗦着，是谁在唱歌呢？难道是绿皮？总不可能是白狐吧？

没多久，那唱歌的声音又出现，它仔细听，并不是它熟悉的歌。那声音非常低沉，不像大森林的轻快，似乎在哪里听过。对了！它想起来了，那是高原豆鼠的唱法！唱歌的好像只有一只。只是奇怪了，它怎么会在这里？

菊子继续盯着周遭的枯枝堆，见它始终不出来，干脆循那声音的方向，大胆地走过去，决定把那只豆鼠揪出来。它巡视了好几处，终于看到一只灰瘦多毛的背影，依旧在哼歌。它用尖刺的另一端试着碰触，才一碰，那豆鼠倏地转头，吓得菊子往后退了好几步。

就在这时，旁边的枯枝堆里，蹿出四五只豆鼠，围住它。菊子虽然肥胖而巨大，可硬是被它们按倒了。

"怎么有这么胖的豆鼠？你是谁？"那唱歌的豆鼠逼向前，嗅闻菊子的脸。它苍老而瘦小，却带着轻蔑的嘲讽口气。

"放开我。我没有伤害任何米谷的豆鼠。"

"米谷？你去过那里了？"为首的这只激动地紧瞪着，"你最好原原本本地把经过说出，不然我们不会饶过你。"

菊子可不敢随便逞强，眼看这一群豆鼠不认识它，似乎对米谷很有感情却又陌生，遂乖乖地把自己的背景说了出来，包括去了米谷一事。但它隐匿了自己溜出来的原因，还有绿皮跟红毛的事。

"你在米谷有没有见到一个大坏蛋叫紫红的？"那豆鼠眯着眼继续追问。

菊子发现它们对大森林的兴趣并不高，但对紫红似乎更在意，且怀有相当的敌意，遂猛然点头，而且提到紫红已经回到米谷。

"奇怪，那个坏蛋为何不滞留在北方，怎么会回到米谷了？难道它也想掌握管理米谷的实权？"

菊子听它这一问，确定它不是紫红的部下后更加放心，它想自己可以说更多的事情了，这样或许还能帮助自己离开。于是，自己也加油添醋把紫红臭骂了一顿，还把军队即将前往大森林的事说了出来。

周遭的豆鼠松开了对菊子的压制，渐渐让它自在说话。

"什么？紫红要带士兵远征！"那为首的豆鼠听到，兴奋地拍手大叫，"太好了。"其他豆鼠也是欢欣鼓舞。

"你们为何那么高兴？"菊子不解。

"我们早就知道它有很大的野心，没想到竟然想前往大森林。如果它要带兵到大森林去，我们就可以名正言顺地回家，趁它不在，把米谷的统治权接收过来。"

"到底你们是谁？"

"在米谷时，你难道没有听过，有一些豆鼠因为观念和长老们不同，被流放到荒原吗？"那唱歌的豆鼠笑道，"它们的首领叫灰光。"

"是听过有一些豆鼠被流放，也听过这个名字。"菊子也搞不清，那时一心一意只想回大森林，根本不在乎米谷的过往情况，但好像听绿皮讲过一两回。

那质问的豆鼠继续呵笑："我就是灰光。"

眼前的豆鼠自我介绍后，菊子突然有较完整的记忆了。灰光就是曾经听过的、被紫红驱离的高原豆鼠。没想到，它竟现身眼前。

菊子嗫嚅地探问："你们不是已经被紫红消灭了？"

"太好了！如果大家这样认为的话。"灰光喜滋滋地说。

"我还是不懂，长老们为什么要流放你？"

"说来话长，总之，我坚决地反对到北方拓垦，却被紫红和长老们下令放逐，"说到此，灰光有些黯然，"它们不服从判决，都跟着我流亡。它们也相信有一天，我会带大家回到米谷。"

"那你认为紫红带兵去大森林也是错的啰？"菊子想探问它们对大森林的看法。

"嗯！这是紫红好大喜功的本性使然，"灰光似乎想起了某些往事，喟然嗟叹，"豆鼠的习性只能待在森林，被放逐到荒原是最可怜的。这几年，我们所受的苦是其他豆鼠所难以想象的。"

"大泽不是也反对吗？"菊子继续问道。它在米谷时，对这些事漫不经心，只专注地想回大森林，没想到来到高原山脚了，才觉得有必要对米谷有一番更深的认识。

"那胆小鬼，每次都是嘴巴反对，最后关头便放弃自己的立场。我会被流放，还不是被它害的。如果它当时和我们联合在一起，紫红就无法如此嚣张了。"灰光感慨道。

没想到米谷的豆鼠之间也有如此复杂的关系。菊子沉思道，这样看来那灰光一伙和它应该是同一阵线的了，应该会放它走吧？

"你知道紫红什么时候出发吗？"灰光继续追问。

"我猜想，可能在我离开后，没隔几天，"菊子尽量配合，"我可以走了吗？"

"你回去后要做什么？"

"阻挡紫红将军进入森林啊！我只要告诉长老们紫红的野心，大家都会群起反抗。"

"紫红有强大的武器，你们挡得了吗？"

"我们有强大的信心。"

"你们会制作尖刺吗？"

"我们有保卫家园的决心。"菊子再次强调，说完想要转身，继续朝大森林出发。

"你走去哪里？"灰光当下喝令道，其他豆鼠随即横出尖刺阻挡它。

"我可以通知大森林豆鼠，阻挡紫红，对你们也有利啊！"菊子很不解，再次强调自己的目的。

"要通知，别的豆鼠可能更加胜任，还不需要你的帮忙，"灰光冷笑道，"真是奇怪，你讲了这么多，怎么都不提绿皮和红毛。难道它们都死了？还是在紫红那儿做事？"

菊子吓了一跳，灰光怎么会认识绿皮和红毛，到底这是如何一回事？它正困惑不解时，枯枝堆后缓缓走出了一只肥胖的豆鼠。菊子一瞧，差点跌坐在地。眼前赫然是黄月。黄月竟没死！

"你……"菊子惊得讲不出话来。

"我知道你多么希望我能够牺牲，成为大鸳的食物，换取你们的存活，"黄月苦笑，"偏偏我的运气就是比你好，有它们来搭救。"

"我没有要你牺牲。"菊子慌忙解释。

"不用说了，我心里自有定见，"黄月阻断它的发言，"红毛和绿皮呢？"

"红毛背叛了，绿皮好像、好像被米谷的豆鼠杀害了。"菊子说得有些闪烁。

黄月狐疑地望着它，菊子不禁满脸大汗。

灰光马上插嘴："我看你是想跑回去当紫红的内线。"

"冤枉啊，我是大森林的豆鼠，只想为自己的家园寻找出路，怎么可能效劳于一个见过没几次面的紫红？"

灰光继续摇头:"不懂得制作尖刺,你这种豆鼠回去,等于没回去。"

"我跟你们无啥仇恨,干吗留住我?"菊子很生气,同时期待着黄月的支援。

"我们太久没回去了,米谷现在变化很大。我们需要一个熟悉路况的带头。你最适合不过了。黄月在我们这儿,至少学会了如何取材树种、制作尖刺,它应该更适合回去通报讯息。我们也比较相信它。"

菊子这时终于清楚,黄月跟灰光明显地结合一块,不可能帮它说情的。它急切说道:"我在米谷时没怎么活动,什么都不清楚,只知道如何出来,我去等于白走一遭,你们也多增添一份麻烦。"

"少骗我们了,待了那么久,居然说对米谷不熟悉,难道我们这些离开多年的会比你更清楚?"灰光冷笑。

"黄月,你快点帮忙解释。"菊子还想请黄月帮忙。

但黄月低头不语,似乎对它没交代清楚绿皮和红毛,很不满意。

菊子眼看没办法说服了,转而变色道:"不信就算了,我也不想跟你们打交道了。"

灰光脸色铁青,呵斥道:"我们不能让你这狡猾的家伙溜走。”

流放的豆鼠慢慢围绕过来，尖刺皆紧紧朝着它的身子。菊子心凉了半截，叹气不已。

黄月正眼也不瞧，一伸手就取走它身上的竹简，接着推着小木柴车，头也不回地朝大森林奔去。看来，它和灰光已经取得良好的默契。若它能回到大森林，显然比菊子回去还让灰光放心。

菊子很无奈，没想到自己辛辛苦苦记录的资料，最后竟被黄月窃取，真是不甘心啊！

望着眼前高原的峭壁，想到还要重新攀爬，菊子的心情真是沮丧到了极点。再想到，黄月将成为大森林的探险英雄，自己却被迫要跟着流放的高原豆鼠走回讨厌的米谷，沦为耻笑的对象，它不禁仰天长吁。

紫红依旧未睡，兀自披着风衣，站在高原的土丘上，思考着未来该如何引诱白狐群来攻击。照理说，愈多豆鼠的集聚会吸引愈多白狐的到来。今天先锋部队却未发现白狐的踪影，难道是被豆鼠们的大军所吓到，全部躲起来？

一只豆鼠悄然来到它的背后。

"谁？"它机警地问道。

"缺耳。"来的豆鼠大声说。

"这么晚了来干什么？"

"想要帮将军解决烦恼，"缺耳伶俐地回答，"将军是不是在想白狐为何都未出现？"

紫红暗忖这家伙真机灵，竟然能猜出它在苦恼什么，火熊和青林若跟它竞争恐怕都不是对手吧？紫红久未作答，故意测探缺耳的下一步，但缺耳始终未再追问，只是静静地站在原位，仿佛在听候指示。紫红忍不住问道：
"你有何高见呢？"

"高见是没有，却有一个建议，不知将军是否愿意
采纳？"

"说来听听。"

"我研判，白狐一定知道豆鼠倾巢而出了，但迟迟不
发动攻击，主要是因为豆鼠的数量太庞大，它们有所忌
讳。所以，我们必须引诱它们前来。"

"如何引诱呢？"

"我后来理解，将军之所以如此安排队形，主要是想
引诱白狐来攻击。但是这样的诱因似乎还不够，需要创造
更大的诱敌战术，让白狐全部出动。"

"你想到更好的方式？"

"我建议可以派一支先锋部队，往北绕，主动去攻击
白狐族群，激起它们的怒意，让它们相互走告，集体前
来。我们的先锋部队则趁机将它们引诱到运粮车队附近。
其他部队再层层包围，把它们打个措手不及。"

紫红觉得缺耳的主意非常好，马上下达命令，要火熊
在明晨天亮之前，带先锋部队往北方行进，找到白狐后，
随即肆意地攻击。但它不放心火熊，怕它过于冲动，又找

了红毛帮忙，交给它三道命令。

火熊接获任务后，兴奋异常。身为一只豆鼠，能够主动攻击白狐，这是毕生最大的心愿，没想到不久就要实现，更让它兴奋得连觉都睡不着了。

好不容易熬到快出发时，红毛却匆匆过来提醒它："你可知道这计划是谁建议的？"

"谁？难道是缺耳？"火熊随即联想到它。

红毛点头："昨晚散会后，听说它又去见过将军了，我怀疑它另有阴谋，打算借机陷害我们。"

"哈！哈！那个胆小鬼还没有这份能耐的。你也太多疑了，莫非这是你们大森林豆鼠的族群性格？"火熊开玩笑道。它总觉得是红毛多心，在这个攸关豆鼠集体安危的时候，缺耳绝对不会设计陷害它。更何况，它也相当乐意去执行这项任务。

红毛看火熊如此信心十足，也不便再说什么。它原本是粗线条的豆鼠，仍不免察觉到紫红部属间的竞争。自己虽不想介入，但既然成为紫红的属下，恐怕也脱身不了了。

天未亮以前，火熊便和红毛带了一队骁勇的士兵和一辆采收车，在黑暗之中，朝北奔驰而去。

高原那么广阔，到哪儿去找白狐呢？好不容易走到指定的地点时，红毛不免疑惑。以前都是设法躲避白狐的攻击，如今主动亮相等它们，反而有点不知如何是好。

那是一处山凹，除了它们走进去的方向，三面环绕着漆黑的小山丘。

"嗯！将军说得不错，这里向来是白狐喜欢俯瞰和发动攻击的位置。但总要让它们知道我们的到来吧？"火熊说。

正当火熊烦恼该怎么办时，红毛遵照紫红的嘱咐，从身上掏出第一道命令，递给火熊。火熊看了以后，蓦然开悟，马上下达命令："把身上的藤绳取出来，绑上枯枝吧，

开始在地上拖拽，制造灰尘。"

"做什么？"红毛好奇问道。

"将军说可以吸引白狐到来啊！"

红毛想起当初来米谷的路上，它和菊子、绿皮也采取过类似的战术，就不知菊子现在如何了。它正发愣时，豆鼠士兵们开始动手，拖着树枝摩擦地面，制造灰尘了。

"灰尘愈大愈好。"火熊叫道。

红毛抬头注意瞧四周。它倒是眼尖，没多久便瞧到一群白狐，集聚在一处略高的山丘上，约四五只，从那儿偷偷俯瞰。

没过多久，红毛提醒火熊："愈来愈多了。"

火熊点头，大叫道："我们真是幸运，它们来得愈多愈好。停！"一边注意白狐的动态。机灵的白狐一看清豆鼠真正的数量，随即溜下山丘。

"它们上当了。"红毛兴奋地对火熊说。

冲下山丘的白狐少说有十来只。等白狐快接近时，火熊挥手下令撤退，豆鼠队伍随即有序地往后走。白狐群看到豆鼠正要离去，更是快马加鞭，狂乱地冲过来。

眼看快要追上，白狐们却发现，豆鼠里竟有一种奇怪的东西出现了。那是一辆木头制的车子，就是火熊一行带

来的采收车。车上，赫然站着一只剽悍的大豆鼠。正是火熊！它站在那儿指挥，采收车随即连续射出石块。连着两颗石块都击中带头的白狐。那只白狐当场倒了下去。

火熊拎着尖刺，纵身一跳，往它身上戳了下去。那领头的白狐还想反抗，红毛再赶至，狠狠地补了一刺。它才闷不吭声地昏厥。

其他白狐最早是被突如其来的怪石所吓到，接着那火熊的纵跳、红毛的闯出，更把它们惊住了。白狐从未见过豆鼠敢如此迎面决斗。它们正不知所措，那采收车又连续发出了四五颗石块，纷纷击中跟过来的白狐。除了倒地的那一只，其他都闷不吭声，低伏着尾巴，迅速逃离。那火熊毫不放松，随即发出追击的命令。所有豆鼠取出尖刺，开始追杀奔逃的白狐，把那群白狐吓得直往小丘上奔窜。

豆鼠眼看白狐群已经远离，遂停止攻击，待在凹地整装。红毛再度打开紫红的第二道命令，准备执行。

白狐上了小丘，喘口气，回过头再俯瞰时，却发现那豆鼠队伍里，竟有一团白色的东西被采收车吊起。它们一看竟是领头的白狐，仍活着，还在痛苦地挣扎呢！白狐群在小丘上呜呜地哀号，阵阵悲鸣声传遍了整个高原。那鸣声不仅凄凉而悲怆，而且充满了愤怒，听得豆鼠们都胆战心惊。

刻意把白狐吊起来，红毛觉得紫红这一招未免太狠了。可那火熊却兴奋得很，毕竟刚才那只白狐首领是它逮到的。它还冲到白狐群前面的山丘下，挥着尖刺向它们挑衅。

没多久，豆鼠们觉得不太对劲了。四周的小丘开始有更多的白狐集聚。它们显然都是听到同伴们悲怆的叫声而赶过来。紫红料得果然神准，可是红毛也暗自心惊，白狐数量之多已经超乎想象。连火熊也被惊吓住，不知如何迎战。豆鼠士兵们更慌乱成一团。红毛再打开第三道命令观看后，急忙大吼："撤退，回营！回运粮车，动作快！"

红毛这一大吼，其他豆鼠才从过度的惊吓里清醒，什么采收车、尖刺以及绑架的白狐都弃置原地。一只跟着一只，争先恐后地往来时的路奔跑。火熊这时才惊醒，听到红毛向它叫道："我们务必要将队伍带回运粮车队那儿。"

火熊和红毛渐渐放慢了脚步，准备殿后、压阵，免得豆鼠们乱了队形。

白狐们看到豆鼠们逃走，更加愤怒，它们一群一群地奔下来，抵达豆鼠遗弃武器和白狐首领垂吊之处，依旧不停，继续追逐着奔跑的豆鼠们。一切再度如紫红将军的预期，它们已经愤怒地无法停止脚步，每一只都龇牙咧嘴，边跑边低猯。在前面的豆鼠死命地跑，感觉好像整个高原都在震动。到底它们的背后有多少只白狐到来，已经没有时间回头细数。

红毛自恃体力好，脚程快，偷空回头看，一个踉跄，差点绊倒自己。老天！它只看到整个视野顿时白茫茫一片，仿佛一夜之间下了一场大雪般。

有一两只豆鼠落后了，随即被扑上来的白狐咬住，还来不及惨叫，就淹没在白狐群里。红毛自顾不暇，哪可能回头驰救。将军为什么不快点派其他士兵来救援呢？这么大的声音，它早就该听到了。红毛心头着急地埋怨，难道要它们跑到只剩最后一只才会出现吗？

还好那运粮车队已经看见了，尤其是运送大石碑的木柴车就在前方明显地突立着，这使它们的奔逃有了一个明确而安全的方向感。可是，豆鼠们已跑得精疲力竭。白狐群的追逐速度却未减缓，怒吼之声则愈加响亮。

渐渐地，有些脚程快的白狐甚至已经超过豆鼠队伍的两端，逐渐形成由翼端包围的态势。为了保护士兵，火熊不得不再放缓脚步，取出身上的尖刺，转身朝先赶上来的白狐攻击过去。它试图以这种威吓方式，让其他豆鼠士兵能够抽身。先赶过来的白狐群果真吓了一跳，没想到竟有豆鼠敢停下来，向它们挑战，不免畏惧地向后回避，本能地观望、低狺。

"来吧，胆小的白狐！快过来决战吧！"火熊大吼。

火熊这一吼，先赶到的白狐更加犹疑，没有一只敢冒险向前。红毛发现火熊竟回头作战，不得不抽出身上的尖刺，也赶过来支持。白狐们更加不敢向前，其他豆鼠却得以趁隙继续往前奔跑。眼看机不可失，红毛对火熊大吼一声："我们也走吧！"

两只豆鼠把一对尖刺向前虚晃两招，转头又往运粮车的方向奔跑。

眼看这两只豆鼠竟如此耍弄它们，白狐更加愤怒，转而视它俩为首要目标，集中火力追杀。

"我快撑不住了，你先走吧！"红毛气咻咻地跟火熊说。

"剩下一点路程，运粮车队就在眼前，再撑一下！加油！"火熊叫道。

红毛只觉得眼前不断冒出白花花的星光，渐渐天旋地转，自己快要倒地了。然而，它发现自己仍在跑，到底这是怎么回事呢？原来火熊撑着它腋胁，继续往前跑。是火熊救了它！火熊展现超强的耐力，竟然架着体型肥胖而硕大的红毛，继续往前奔。

当它们和其他豆鼠接近运粮车队时，赫然发现四周竟空荡荡，并无豆鼠士兵看守。火熊正觉得奇怪，白狐已经追上来。

它想这下完了时，突地蹿出许多持有尖刺的豆鼠士兵，开始迎向白狐。它终于有时间把红毛放下，获得喘息的机会，然后再拾起尖刺迎战。但白狐来得太多了，没两下子，豆鼠士兵们竟也抵挡不住。为了保护红毛，火熊也被好几只白狐围攻。白狐显然知道它是豆鼠的队长，围攻过来的数量愈来愈多。

火熊全身上下都被白狐的爪掠了好几道伤口，终于支撑不住。快要倒地时，它看到了一辆辆采收车正大量驶近，天空也有布鸢飞临，但这一切对它和红毛而言，似乎都嫌迟了。

豆鼠回家

叁 拾 贰

一场白狐和豆鼠的大战，终于在清晨落幕。
整场战争都在紫红将军事先的预期之中，白狐群
果然追到运粮车队，落入豆鼠们埋伏的陷阱。当保护运粮
车队的豆鼠士兵抵抗白狐们时，紫红将军和各队队长也率
领其他军队，从两翼包围了所有白狐。然后，借着采收车
和布鸢上下夹击，把冲过来的白狐尽数歼灭。

高原豆鼠们从来没有这样痛击过白狐，纵使近来懂得
使用弹弓和尖刺，也不曾如此胜利。这无疑是要靠紫红将
军发明的采收车和布鸢的协助。当然这一战若论功劳，还
是缺耳居首功。如果没有它的献计，就难有后来围剿的丰
硕战果。

豆鼠虽然胜利了，紫红将军却不敢稍加怠慢。毕竟，
路程还遥远得很，更何况还有一个大敌未除，豆鼠们不宜

在高原久留，浪费粮食。紫红随即下令部队继续出发，要在日落前赶到高原的尽头。

红毛被摇晃震醒时，发现自己竟躺在运粮车上，轻毛正守护在旁。

"火熊呢？"红毛一醒来想到的便是它。

轻毛支吾了两下，不知如何回答。

"是不是已经死了？"红毛勉强撑起，怒冲冲地抓住它质问。

轻毛点头。

红毛难过得头又疼了起来，整个身子像瘫痪般，再度跌躺入车里。火熊救了它，却丢了性命。照说死的该是它，不是火熊！

它闭上眼睛，悲痛得不知如何发泄。没有错，整个事件都是缺耳这个家伙的鬼主意，故意让火熊执行这趟死亡任务。红毛握紧拳头，发誓要帮火熊报仇。

有一只豆鼠接近了车子，红毛听它和轻毛讲话的声音，知道是绿皮来探视，却故意继续装睡。现在它的脑子一片混乱，根本不想和任何豆鼠见面。它需要的是安静的休息。绿皮看它依旧昏睡，未吭声便悄然离去。

部队继续前进，在这个白狐最常出没的地方，已经看

不到任何白狐的踪迹。还有什么比这件事更让豆鼠们快乐呢？一路上，豆鼠士兵们不断地发出愉悦的歌声。

陪着队伍前来的长老们，眼看豆鼠们第一战便获得大胜，自己的子弟兵死伤又不多，都深感兴奋，特别去向紫红将军祝贺。不过，紫红看来一点也没有喜悦之感，神情反而略带沮丧。长老们猜想，大概是和爱将火熊战死有关。

紫红确实很难过，但它有更大的烦恼。没想到在第一战，火熊就殒没了，而红毛又昏睡不醒，整个部队仿佛丧失了一对触角。

大泽走在紫红后面不远的地方，和一群长老聊天。它们原本想送至高原便要回去，但豆鼠们打败白狐以后，高原暂时没有什么大危险，它们遂改变计划，决定随队穿越高原，抵达东侧的悬崖再折回米谷。

绿皮探视红毛后，特别跑来跟它谈话。大泽一看到便问："你那位同伴现在如何了？"

"还没醒来，不过，它身子相当硬朗，看来应该没什么问题。"

"对了，为什么一直未看到菊子呢？"大泽好奇地问道。

"走了！大军还未出发，它就已经离开，先回大森林了。"绿皮说。

"啊！它孤零零一个，怎么回得去呢？"大泽吃惊道，唯看到绿皮似乎另有隐情，不便说出，它不好意思再问。虽然未曾和菊子队长深谈，但大泽觉得，彼此都是在为自己的森林着想，看在这份心意下，它倒是期待着菊子能够安然返回。当然那恐怕也得奇迹出现吧！想到高原上又将增添一具豆鼠遗体，它心头不免多了几分无奈。

"要回去了，你现在觉得如何？"大泽再问道。

"如果能够像菊子一样单独回去，也许比较好。"绿皮说。

"你现在随着军队出发，恐怕不适合说这种不切实际的话吧？"

"这样子走下去，一路都是战争、死亡，胜利的代价只是获得更多的土地空间，却不一定能带来和平，还不如跟你们一起回米谷算了。"绿皮感慨道。

"不会的，白狐们不是已经被消灭大半了吗？"大泽安慰，"再说，根据经验，大鹫群明晨才会遇到。"

"这场战争的结果，恐怕只是一只豆鼠的胜利，其他都要倒霉。"绿皮说。

大泽愣了一下，暗自心惊，这只大森林的豆鼠怎么想法都跟自己一样！可它是身不由己，不得不维持支持的形象，以免又遭其他豆鼠指责破坏团结。

"如果有机会，也许，你可以再回到米谷来。以后那儿豆鼠的数量不多了，可以把环境弄得更好。这场战争下来，或许也可以解除繁殖季节的交配限制，以及好好思考扁豆栽植的问题。我还是觉得让扁豆攀爬的树太多了，这一次趁大军砍伐掉的空间，将来说不定可以栽植一些原始林的树种。"大泽讲了一大堆未来的想法，"啊，对了，这儿是可以随兴吟诗的。"

大泽的邀请，让绿皮很感动。大泽似乎对米谷的未来仍深具信心，继续在为米谷寻找最好的生活方式。

"那采收车，你坐过吗？"大泽问道。

绿皮摇摇头。

大泽还未搭过呢，但听说它们也能摘采扁豆，不禁好奇地试跳上一辆，检视它的性能："这种车的性能不坏，应该跟紫红要一部带同米谷研究。"

豆鼠部队仍在行进间高兴地唱歌，声音响彻云霄。大家都陶醉在胜利的情境里，竟没有豆鼠注意到天空有黑影接近。

大泽忽然感觉不对劲。它直觉到，眼角的余光里，天上似乎有一道黑色的影子掠下。正要抬头，眼前却出现一对暗黑的巨爪。是一只大鵟！

它正伸出双爪，那巨爪从大泽胸口划过。大泽随即被击落，从采收车上，跌落到地面。

绿皮冲过去，它想救大泽，却发现已经来不及了。大泽因后脑重击地面，一句话也没有交代便断气了。

豆鼠部队因这一突袭而大乱，许多采收车朝天空胡乱射了一阵。那大鵟早已高飞而上，不断地盘旋于高空。它的旁边还有两只伴护着。缺耳赶来，看到三只大鵟在天上盘旋，随即下令布鸢升空，可却被随后赶过来的紫红挡住了。紫红果决地跟缺耳说："那只是个探哨，让它多看几下，对明晨的战争或许有帮助。布鸢太早亮相，对我们不利。"

紫红解释完，随即回身蹲下来，检视大泽。大泽已经气绝身亡，但双眼未阖，一脸难以置信的惊恐表情。紫红看了不禁号啕大哭。在场多半不是常驻北方的豆鼠士兵，看到紫红将军如此伤心，对它只有更加尊敬了。

绿皮茫然地站在大泽身边，想着大泽最后跟它说的那些话。

火熊已离去，现在能够给予中肯意见的大泽也死了，紫红真的相当难过。第一场战争结束时，它只想快点赶路，现在反而耽搁下来。它呆立着，远眺着前方，不知如何压抑自己悲痛的心情。从小到大，紫红总觉得大泽做事比较谨慎，顾忌太多，无法开创新的格局。但大泽善于守成，这点是它学不来的。它原本计划，如果将来解救了大森林，还想请大泽去那儿帮忙规划治理，自己再回北边继续拓垦。现在，军队才出师，就遭此不幸，一切都成幻影。难道上苍真的不让它们实现百年来的大业吗？紫红闭眼祈祷，再度热泪盈眶。

部队仍要继续出发，而且为了不致产生过多的惶恐，紫红迅速地收拾情绪。但长老们已经没有心思继续送行，它们决定立即折返，并将大泽的遗体护送回米谷。

送走长老后，紫红很生气地质问四周的豆鼠士兵："黑云雀为何没有示警？"

"报告将军，黑云雀不适合高原内陆的干旱，才进入高原内部不久便死掉了。"带领黑云雀的豆鼠士兵答道。

听到黑云雀也死了，紫红相当意外，不过黑云雀的死，对远征而言并没有什么影响，先前的规划里，紫红也未把它们当成必要的成员。它只是讶异，原本在高原崖壁才会频繁出没的大鵟，此时竟然也在高原内域活动。

"从现在起，各队要加强戒备，随时监控上空，不能让大鵟再有任何突袭的机会。"紫红下令，此后一路上不准再唱歌。

紫红望着高空，那三只大鵟显然已经走了，只剩一些零星如鱼鳞片的云朵，退到天边。看来明天应该又是一个好天气，紫红祈祷着，三只大鵟会将豆鼠大军到来的消息带回去，让所有大鵟都知道。也或许，大鵟们早已知道，才会派出这三只大鵟来刺探吧。而袭杀大泽，恐怕也是想了解豆鼠的防卫能力吧。它深有预感，最后的决战应该在明晨。

黄昏时，高原豆鼠的部队安然抵达了东侧的悬崖。

那一夜，各部队长再到紫红将军露宿的地方开会，商讨凌晨时如何爬下崖壁。

尽管先锋部队也有两位副将来开会，但会场里缺了火熊和红毛出席，气氛特别奇怪。总觉得像是少了什么，有一种不祥在四周围绕着。

紫红决定，待会儿解散后，便开始行动，在日出以前，先把木柴车垂放到山脚，然后故意把一些运粮车悬在半山腰，让大鹫以为有机可乘，大举来犯。等大鹫攻击崖壁的豆鼠时，再采取类似白狐的围攻战术。

把木柴车和运粮车垂降崖壁，无疑是最吃力的任务。青林被指派总揽所有搬运的工作，而大华则负责崖壁的警卫，把豆鼠士兵安排在几个山壁凹处，带着尖刺、弹弓和大量石子躲在那儿，同时保护运粮队的下山。缺耳率领另一队士兵驾着采收车在高原待命。

布鸢原本是要由火熊和红毛带领的，现在只好由紫红将军亲自指挥。一切安排妥当后，紫红正要宣布会议结束，红毛冒失地闯进来。

红毛的身子显然已经好了，但大家看到它怒气冲冲，不免吓一跳。红毛一冲进，眼睛便瞪着缺耳，随即大步跨前，准备揍打缺耳。那缺耳不甘示弱，往前迎去。所幸它们之间尚有青林和大华挡住，才避开了一场冲突。

"红毛，你这是干什么！"紫红非常震怒，大声斥责。

"是它！是这只阴险的豆鼠，害死火熊。"红毛非常激动地指着缺耳骂道。

缺耳也相当生气，当场训了它一顿："火熊的死，我也很难过。战场的事，很难做出万无一失的判断，随时都会有意外发生。你若要做一位好的战士，最好冷静下来。"

"缺耳说得没错，红毛，这事不能怪缺耳，要怪，你就怪到我身上，"紫红再度喝阻道，"何况想报仇，也应该找大鹜和白狐才对啊！"

红毛被这一连串的斥责后才冷静下来，然后，颓丧地说："请给我最艰难的、能够和大鹜决一死战的任务吧！"

紫红点头，它真的需要一位能够带头冲锋的勇士，眼前这位大森林的豆鼠无疑比其他豆鼠更适合这个职位。它最后向众队长宣布："这是最后一战了！请大家努力，整个高原豆鼠的未来就在各位的身上，我们一齐加油吧！"

红毛的任务是什么呢？没别的，正是和紫红将军一起搭乘布鸢，和大鵟在空中对决。

会议结束后，红毛单独站在空旷的高原上，面对着黝黯而空寂的大地，回想和火熊一起学习飞行，在天空翱翔的那一段日子。它这一辈子可没什么好朋友，有的话就是这一只和它曾经竞争过、两度救它性命的高原豆鼠了。

原本希望和火熊到大森林一起快乐地生活，携手为豆鼠世界的未来打拼，现在只剩下它而已，这算什么呢？为什么胆小的缺耳还活着？为什么毫无建树的青林也能担当重要的工作？为什么绿皮可以轻轻松松地回到大森林？上天实在太不公平了。面对宁静的高原，红毛不禁发出悲愤的大吼。

叁拾肆

夜黑风高，如圆顶般弯垂的天篷却是繁星满天。豆鼠们悄悄展开行动了。为了争取时间，青林和属下决定更改计划，大石碑并未卸下，反而直接和木柴车一起垂放。一群士兵用了几百条藤绳加强捆绑，开始慢慢地往山脚垂放。

若按原先计划，部分运粮车应该半悬在崖壁，先把大石碑和木柴车放下去。但是青林很快发现，即使有滑轮辅助，大石碑的庞大体积加上巨大的重量，难度仍然超过预期，为了顺利完成任务，只好请紫红将军加派豆鼠士兵支持。只是，进度依旧缓慢。

青林赶紧再去报告紫红将军。它担心，在天亮以前可能无法将木柴车垂放到山脚，而那时大鸢若来攻击，要抵挡它们，又要保护大石碑、木柴车和运粮车，恐怕相当困难。

"那就让大石碑、木柴车悬在山腰，运粮车全部先下去吧！"紫红将军听了，索性发狠地下达命令。

"可是重量实在太重，万一藤绳断掉，可能会使在山腰工作的豆鼠们受到伤害。"青林忧心道。

"尽量加粗藤绳，天亮前，再用藤绳固定于山壁上引诱大鹫，就这样子，"紫红决断地说，"对抗大鹫的事就交给其他豆鼠，你不用挂心。"

青林虽觉得不妥，可不敢再说什么。回到工作岗位后，便照紫红的命令，加粗了好几条藤绳，继续催促士兵们赶工，加速把运粮车往下放。天快亮时，运粮车都已抵达山脚，唯那木柴车还有一半的高度。绿皮陪青林爬下半山腰处。它发现，除了运木柴车的士兵仍在工作，其他豆鼠士兵都躲到山壁凹处，准备和大鹫作战，至于紫红派来支持的士兵也都逐一爬回高原上继续埋伏。

青林知道时候差不多了，无法再进行垂放的工作，于是赶紧下令将木柴车固定起来。它们正在密切注意固定的情形时，绿皮赫然发现，那木柴车上绑大石碑的藤绳已经吃力地发出紧绷之声。若不快点找豆鼠士兵帮忙，只是继续悬垂着，它真怀疑还能撑多久。

"我帮你爬上去向将军报告吧？"绿皮正说着，那木柴车已传出断裂声，主要的一根藤绳断了！大石碑顿时斜倾一边，撞落了一群守候在旁的豆鼠士兵。再撞到了山壁，许多石块被打落，好几个豆鼠士兵因而坠崖、重伤，发出惨烈的哀号。

接着，大石碑因这一撞，导致另一根藤绳松脱，再次左右来回摆动，又撞上了山壁。木柴车因这一碰，终于碎裂开来。大石碑也倾斜了一半，继续像个钟摆，不停地摆动。面对摇晃不定的大石碑，士兵们好像被巨人踩踏的蚂蚁，只有设法闪躲的份儿。偏偏它们多半是在山壁，根本无处可躲，只能祈祷不被撞着。

等那大石碑慢慢停止摇摆，适才的撞击却引发了轰隆隆的山崩。一块块巨石，滚滚翻落。这回连一些躲在山壁凹处的士兵都躲避不及了。豆鼠士兵们再次发出凄惨的叫声，又有许多豆鼠坠落。那大石碑也被山崩惊醒，再次摇晃。整个场面犹若一场战争的杀戮。

青林和绿皮慌得不知如何是好，而那大石碑最后竟朝它们撞过去。绿皮急忙跳到旁侧的山壁，可青林却来不及。大石碑朝它撞个正着。青林像被压扁的扁豆般，惨死在大石碑下。绿皮惊魂未定，又听到山崩之声，石块陆续滚落，它急速往下滑了十来个身子远。最后，好不容易抓住一根树茎，才止住滑落。

终于，大石碑也停止摇晃了，孤零零地悬垂在半空中。整个空间霎时弥漫着不安之寂静，四周则满目疮痍。在木柴车旁工作的豆鼠士兵到底死了多少，一时间恐怕无法估计。绿皮环顾四周，惊讶地发现，无恙的豆鼠竟然不及半数，各个脸色疲惫而惊悸，还有许多士兵躺在崖壁哀号。没想到一个大石碑的摇摆，竟比白狐攻击的伤害还严重。绿皮勉强爬上一个站立的位置，向上面大喊，上面却没有半点回声。只有寒风吹过山壁，把断裂的木柴车吹得吱嘎响。

"大鸢！大鸢！大鸢出现了！"有一只躲在山壁的豆鼠士兵大喊道。

一波未平又一波，绿皮蓦然大惊。心想这下完了，好不容易才逃过一劫，没想到大鸢却在这时来袭。躲在山壁里的士兵都傻住了，但是没有援兵的情况下，它们只能靠手上的弹弓和尖刺，准备孤军应战。但这一战又如何打呢？

站在山壁上的豆鼠更惊心地看到，大鸢来的可不是一两只而已。在东边，鱼肚白的天空都塞满了黑点，像蜂群一样，密密麻麻而来，它们吓得腿都软了。

豆鼠也不清楚这些大鸢是从哪儿来的。大鸢们似乎早就知道了豆鼠的行动，特别在大清早便群集一起。

绿皮知道现在只有端起武器，拼命和大鸢对抗，要指望上面的豆鼠同伴来救援，或者想其他事都没用了。于是，在一名副队长站出来指挥下，它也跟着躲在山壁的士兵们，拿起一只被遗落的尖刺，准备抵抗大鸢的攻击。

大鸢采用轮番攻击，一列扑过来，接着又一列。掠过一回便往上飞，再往下冲。整个天空像是被蜂群遮蔽般。它们一点也不畏惧山壁上豆鼠们的武器。弹弓所射出来的石块，虽然击中了好几只，甚至不乏摔落者，但它们的数量甚至比石块还多。绿皮也被一两只大鸢轮番攻击了好几回，所幸山凹够深，手上还有一根尖刺的保护，大鸢始终无法得逞。但有不少只还是硬被大鸢的利爪攫去。

紫红将军什么时候才会攻击呢？绿皮一边防御，一边咒骂。红毛上回差一点死去，便是在这种情形下，支持并未及时配合。紫红一定不会管下面豆鼠的死活，而只是在盘算什么时候才是最好的攻击时机。绿皮愈想愈气，它可不愿这样莫名死去。没想到这一生气，反而让它更有力量抵抗大鸢持续的攻击。有一次，它还差点刺中一只大鸢的胸部，惊得那大骘慌忙往下坠，连自己都吓了一大跳。

在大骘扑飞了好一阵下，豆鼠们又死伤了不少。眼看山壁上下的豆鼠所剩无几时，崖壁开始有如冰雹般的巨大石块从空中纷纷飞落。这回换大骘们像惊慌的小鸡，受到雨淋般无处可躲。被石块打到翅膀的还好，有好几十只都是头部中弹，当场就殒命，急速坠落，摔到山脚下去了。

为了躲避石块，大骘最初只是本能地往上飞，但它们马上明白，要躲开的唯一方法，恐怕是离开山壁地带。于是，开始平行飞离，和山壁保持距离。然后，再缓缓上升。这一招果真奏效，石块打不到它们了。但大骘们升到高原时却遇见了一些怪物。那是它们过去不曾在高空见过的、紫红发明的布鸢。

大骘们愣住了，这些体形不比它们小的白色怪物正迎面而来。它们也发现这些怪物，每一只上面都绑有一只豆鼠，而这些怪物也都绑有一条线和地面连接。

大骘觉得十分滑稽而有趣。等观看了一阵，觉得怪物无害，而豆鼠都绑在怪物上，上下不得，它们觉得机不可失，于是鼓足勇气便冲了过去，准备从怪物身上把豆鼠们一只只掠下。可是，当它们接近时，那些看来似乎垂死已久的豆鼠们，竟取出弹弓，射出石块。

大鵟们大吃一惊，纷纷走避，可是距离太近，都来不及飞离，还相互撞在一块。许多更遭到石块射中。这些石块也不像在山壁时遇到的一样浑圆，每一颗都有棱有角，尖锐如利刃。被射中的大鵟，马上迸出鲜血。被打到翅膀的还好，犹勉强支持着，被击中胸部或头部的随即往下栽落。栽落到地面的，纵使还活着，马上也被赶过来的豆鼠杀害。这时，地面上正集中了许多刚才发射石块的车子，再度向它们攻击。

还未受伤的大鵟们，急忙往后飞离。大鵟们以前在天空无敌手，平常飞行便习惯将巨大的翅膀缓缓展开，慢慢绕圈拍离。结果，因为多了这个要命的绕圈飞行，又让布鸢轻易赶上，有一些豆鼠甚至赶到它们的前方，挡在那儿等候大鵟们的到来，似乎料准了它们的这一步。其中有一批为首的就是紫红将军。大鵟这才吓着，没想到这些怪物竟也能快速跟过来。殊不知，这是地面的豆鼠士兵操作熟练的结果。

紫红率先取出弹弓，轻松地便将眼前发愣的大鵟射落。其他豆鼠士兵也相继发射出石块。遭到这一阵射击，大鵟们又乱了队形。

等大鵟们想要再上升，或者往下飞蹿时，明显地已经迟了。它们再度遭到密集的围剿。又是一阵血腥的杀戮，沾着血渍和血块的羽毛满天飞舞。大鸶们纷纷摔落，死伤过半。能够挣脱豆鼠攻击火网的，已经不多。

不过，还是有十来只挣脱到高空去，伺机从上面扑下展开报复。有些驾着布鸢的豆鼠未注意到背后有大鸶扑来，遂连布鸢一起被击落。紫红发现这个情形后，急忙要飞行中的豆鼠注意。但大部分的豆鼠未听见命令，只是各忙各的，继续和大鸶缠斗。紫红正忙着指挥，可不晓得，一只大鸶已经从它背后扑上。这只大鸶可能猜测紫红是指挥者，突然转身，向它飞扑而来。

幸亏紫红机警，迅速察觉背后有阴影，快速一闪，避开了直接的攻击，但布鸢还是破了一个大洞，急速地往下坠。其他的豆鼠看到了不免大惊，纷纷停止攻击，结果残存的大鸶们得以趁机溜走，一摇一摆地飞离了高原。

紫红继续坠落，众豆鼠都不知如何是好。说时迟，一只布鸢已经急速飞过去，那布鸢里的豆鼠伸出援手，把紫红拉了上去，这才阻止了布鸢继续坠落的速度。两架布鸢慢慢地重叠、降落。

到底是谁救了紫红呢？大伙儿细看，竟是一只肥胖而壮硕的豆鼠，原来是红毛！也只有它有那么强壮的臂膀，才能捉住紫红，不至于让它掉落。

战争终于结束。红毛兴奋地向紫红竖起胜利之手势，似乎在说，我们赢了，火熊的仇报了。

紫红将军点头，向它示意快点降到地面。安然落地后，它继续专注地凝视东方。先前大鹫们飞来的方向，整个天空几乎被羽翼遮盖得没有蔚蓝天色，如今只剩十来只，有气无力地飞离。

高原豆鼠们开始舞蹈、唱歌。紫红也很高兴，毕竟这最后一役打得太漂亮了。但它随即想到山壁下方的士兵，马上又绑上了红毛的布鸢，再度要采收车将它放上天空，飞出高原，到崖边上俯瞰。

紫红搭上布鸢后，迅速抵达崖壁边缘。等它看清崖壁的情形，心头突地一紧，难过地不忍卒睹。好不容易再强忍着悲伤，继续视察这个惨状。

评估了山壁豆鼠的状况，紫红觉得这场战争最多只是小赢，根本谈不上全面胜利。它当下做了决定，半空收翅，直接从空中慢慢降落，飞到山崖下。高原的豆鼠们大惊，害怕紫红将军出了状况，想要收回藤绳，但是已经来不及了。紫红已经从它们眼前消失，落到下方的山壁了。

所幸，山壁的风并不大，紫红下降时，并未受到乱流影响。它安稳地落到大石碑附近。上面高原战事的胜利似乎跟这儿的豆鼠完全无关。这儿有的只是一片尸骨横陈、哀鸿遍野的景象。活着的，有的不断呜咽，有的只是抽搐，也有的还被大石块压在下方，急待救援。山壁的情形只有凄惨一词可以形容了，这哪儿算打赢了战争呢？紫红扪心自问，心头更加沉重了。当它接近悬垂的大石碑时，发现不远处斜靠着一只肥胖的豆鼠，正抱着一只豆鼠，呆视着大石碑发愣。它正是那只和红毛一起来的豆鼠绿皮。

"青林呢？"紫红快步过去，强作镇静问道。它担心这样的场面太久了，会影响士气。如果不好好安抚，恐怕难以对其他豆鼠交代。

绿皮翻开抱着的尸体，让紫红看，赫然是血肉模糊的青林。

紫红大惊，久久无法出声，勉强问道："它怎么死的？"

绿皮指着大石碑："藤绳断裂松脱了，它撞过来，把青林撞死了。"

"怎么会这样呢？这大石碑必须赶快重绑，不然情况会更加糟糕，"紫红再环顾四周，眼看四下无熟识的豆鼠，随即命令绿皮，"好，我现在命你暂时为监督大石碑的指挥队长。你在这儿召集士兵，等候上面的指示。"

绿皮叹了口气："我能否表达一些感受。"

"快点说吧！"紫红不耐烦地催促。

"我们只是诱饵而已吗？"

"当一名战士，讲求的是效忠服从，不是提出疑问，更不应该在这时质疑。"紫红很不高兴。

绿皮可不管那么多了，继续直言不讳地说："没想到连这样的场合，我都感受不到将军的关怀！当我看着将军勇敢地缓缓下降时，还充满了期待和欣慰。可是，真是奇怪，这一刻我怎么感觉，将军只有对一己的忧戚，对我们这些死伤者并没有任何的情感。"

听完绿皮这样露骨而坦率的看法，紫红怒气涌升胸口，气得琥珀镜几乎脱落。绿皮原以为自己性命不保，却未料到，那紫红看似即将狂哮，突然间又冷静下来："真希望大森林的豆鼠们都有你这般高瞻的智慧。该抱怨的也抱怨了，现在不少士兵命在旦夕，赶快肩起责任，不要耽误了大家。"

叁 拾 伍

打败了大鹫后，高原上的豆鼠士兵们纷纷把采收车和布鸢等武器往山下运送。紫红同时调派了一大群豆鼠，重新把大石碑捆绑。现在，它们有相当充裕的时间可以好好处理了。它们又花了一个下午的时间，才把所有的东西送抵山脚。但豆鼠们还是无法出发，因为运送大石碑的木柴车已经毁坏，必须重新建造。

紫红决定当晚在山脚过夜。它命令米谷的士兵们连夜把十几辆运粮车拆解，再利用旧料，重新拼合成一辆足以运送大石碑的木柴车。

从山脚开始向东，就是高原豆鼠们不熟悉的地方了。整个队伍只有两只豆鼠有横越的经验，那就是大森林的绿皮和红毛。是夜开会，绿皮也被邀请到会议场和紫红详谈。

绿皮获知要和紫红见面时，以为紫红还在对早上的事情生气，等进入会场，看到紫红和各队队长面前摆了一张大地图后，始知晓是怎么回事。

"那位先跑掉的菊子，据说携带着一张竹简地图？"紫红的问话很直接，显然，红毛告诉它了。

绿皮点头："有那张竹简图，可以清楚了解附近的地理，却不一定适合单独旅行。"

"如果真的来到此，不知它会选择哪一条路走？"紫红只在乎路线，似乎完全忘了早上跟绿皮的冲突。

"你能不能也来这儿，画一条比较适合回大森林的路线？"紫红央求绿皮。

绿皮看到，从高原东侧有一条线，往上绕了一个大圈后才抵达大森林。它左思右想，也在地图上画了一条线，那线直接从高原东侧横越荒原抵达大森林。紫红看了不禁笑了起来："没想到你和红毛画的竟然差异这么大。"

"我会画一个大圈，因为想的是大军去的方向，不是菊子要回去的路。"红毛赶忙解释道。

"为什么要绕个大圈呢？"

"走直线过去，中间几乎没有水源。如果绕圈沿北边走，以前和我们同时出发的另一支豆鼠队伍，并未有缺水的问题。同时，绕北边走，正好可以追剿剩余的大鹫和白狐，一举加以扫荡。绿皮思考的只是它自己的旅行而已，所以会有如此大的差距。"红毛说的另一支队伍就是黄月带的。

紫红点头，相当欣赏红毛的意见。

绿皮可不赞同红毛的说法。然而，紫红似乎已经同意，它就未继续争辩。反正这是一场跟自己无关的战争了，它如此安慰自己。

未料到，缺耳却出声说话了："将军，我想这位绿皮一定有不同见解，不妨听听看吧！"

红毛瞪大眼睛，觉得缺耳是故意建议的。

绿皮搔头，很为难地说："我会将回去的路线如此画，并非只是考虑天数的问题，还包括了对其他环境没有把握，这条直线虽然水源稀少，但只要忍着一些，利用枯树的块茎支持，应该可以度过，而且遭遇天敌时，也有地方可以躲御。"

"天敌？我们的天敌都已经被我们彻底击败了，还担心什么？"红毛怒冲冲地反驳道。它倒不是为绿皮的话而闹脾气，而是在气缺耳故意和它作对。"再说，那么多豆鼠，哪来的这么多块茎？"

紫红点头，决定采用红毛的意见。为何呢？它想的可不只是止渴的层次而已。主要是它不愿意进入大森林时，高原豆鼠的军队是一副讨水喝的狼狈相。它希望自己的军队进去时，个个都是带着威武的装备，精神饱满的样子。再者，它也希望尽早彻底剿灭白狐和大鵟。

　　红毛不知实情，还以为是听了它的意见以后，才做的决定。对它而言，又是一次重要的鼓舞，一次精神上无比重大的胜利。它觉得将军愈来愈信任它，好像把缺耳远远踢开了般。

　　开完会，红毛和绿皮一起走出来，随兴走到它们上回遇到小树林的位置。就在这儿，在无水源时，它们发现了贮藏水分的块茎。红毛想起了从大森林前来的往事，再看看绿皮消瘦的样子，就不知自己是否也一样变瘦了。

　　它也突然觉得许久没有聊天了，今天又特别愉快："对了，许久未看到你吟诗。最近还在创作吗？"

　　绿皮摇头，它的心情依旧不好。在崖壁时，豆鼠们死亡的惨状，让它异常难过。对它而言，吟诗是生命经过相当沉淀后的快乐之事，没有平静之心是不可能有灵感的。像红毛这样急躁的个性，根本无法有诗的灵感。它只是很惊讶，红毛如今似乎对诗已不排斥，还关心它有无写诗了。

"回大森林以后，你放心，我绝对不会在长老会议面前告诉它们，你有什么不对。"红毛也不知又想到什么，突然解释。

"谢谢！"绿皮口头虽这么说着，其实心里根本已经不在乎了。刚才被紫红问到菊子，这才想到，万一菊子有幸能抵达这里，会不会真的依照自己画的路线走？

"你在想什么？"红毛问道。

"没有。"绿皮急忙回答。

"回大森林以后，你有没有想到要做什么大事？"

"回去？我还没想到那么多。"

"做事情总不能没有计划，你总该想想看未来应该做什么。"

"嗯，我是一直在想，只是还未想清楚。"绿皮应付着。看到前方的小树倒了一棵，它走过去检视，赫然发现小树显然是被谁拔起的，块茎也消失了。而且，不止一棵，更前方还有四五棵都是同样的情形。不远处，还有车痕朝东出发的鲜明痕迹。

这是谁的杰作呢？绿皮高兴得差一点跳起来。是菊子！菊子没死！它显然在不久之前经过这里。红毛看到小树时也愣住了。

绿皮又发现，前方有一些奇怪的豆鼠尸体。这些尸体和高原士兵的装扮截然不一样，似乎是从崖壁摔落下来的，而且时间不会太久。这又是怎么一回事呢？它们和菊子间会有什么关系？莫非它还有同伴随行？

红毛看到了，迟疑一阵，旋即惊讶道："难道是灰光？它们怎么会在这里？一定要赶快通知紫红将军。"

"灰光？"绿皮惊讶道，"它和菊子是怎么一回事？"

红毛可对灰光一点兴趣也没有，只是对绿皮的问话方式感到不快："我先问你，你到底是赞成紫红将军，还是支持菊子，或者还在相信那个已经死去的大泽的话？"

"我？"绿皮被红毛突如其来的一问，弄得竟不知如何回答，"我是站在、站在……"

"哼！甭回答了，我也没兴趣听，"红毛看到绿皮如此犹疑，不禁失望地摇头，"唉，从离开大森林到现在，经过那么多事了，你还是搞不清楚自己的位置。也不知过去在哪里，现在又在哪里？不晓得你这一趟出来是为了什么。"

红毛说完马上转身离去，留下绿皮愣在原地，继续想着红毛最后一句话的意思。

菊子没死，而且又看到了另一些豆鼠的尸体。红毛研判事态很不单纯，必须赶紧报告紫红将军。这些尸体应该就是被放逐的豆鼠。没想到它们还幸存着。它们可能和菊子相遇。同时，不知何因，在下高原崖壁时，遭遇了大鹫的攻击，才会纷纷摔落山脚。但那儿有车痕，很显然菊子没出事，而且又朝荒原继续出发了。

绿皮回到运粮队休息时，才要合眼睡觉，一群北方的士兵闯进来，不分皂白，便将它强押起床，直接带到紫红将军那儿。

"到底菊子是什么时候离开米谷的？"紫红开口问。

红毛果然把刚才的事迅速告诉了将军。自己的大森林同伴，竟把同伴出卖了。绿皮为红毛的行径感到悲哀。

"快点说！"缺耳在旁愤怒吼叫。

"大军出发前一天。"绿皮不耐烦地说。

"没想到它竟然走得到高原的山脚，不知流放的豆鼠还剩多少，怎么会跟它碰在一起？"紫红望着地图凝思自语，转而再问绿皮，"菊子如果走的是直线的话，几天可以抵达大森林？"

"至少要五六天吧？"

"你想菊子是什么时候离开山脚这儿？"

"不知道！"

"没关系，反正我们会把它追回来的，"紫红继续凝思，喃喃自语道，"没想到，它竟那么幸运，能够通过这么危险的路段。"

"报告将军，我刚才想过，可能是所有白狐和大鸳都被我们吸引了，它才会有这样的机会。"缺耳在旁分析道。

"我的看法和你一样，"紫红点头，转而向绿皮说，"很抱歉，从今天起必须把你软禁。你只能跟在我身边，一直到抵达大森林。跑掉一个菊子已经够麻烦了，我不想再有第二只豆鼠不自量力地破坏我的计划。"

绿皮不吭声了。它猜想，紫红现在不处死它，可能自己还有利用价值吧！

看到绿皮不吭声，紫红不禁再问道："菊子真的认为我去大森林会是一件坏事？如果它真的回得去，大森林的豆鼠会听它的话，抵抗我们的到来？"

"菊子非常受大森林长老们的倚重，而且不论见识或体力都很过人，才会被派出来寻找'歌地'，它们若不相信菊子，还会相信谁呢？"绿皮回答。

"难道大石碑不能说明过去的辉煌历史？难道你们真的不给我们一点机会，一起携手开创未来？"

"问题并不在那儿。"

"那是什么呢？"

"在你……"绿皮有点不好意思说下去，转而提到另一个理由，"或许大森林的豆鼠不想恢复过去的传统，我们已经变了，我们只是想找到另一块可以替代的森林，或者一个可以解决目前森林环境消失的对策，而不是等待另一个强大的豆鼠世界。"

"这在本质上是一样的，希望大森林的豆鼠不像你这样难以沟通。"

绿皮不吭声了。

"从现在起，你必须做我的向导，不论何时都要跟在我附近。除非我允许，不准随便离去。"

绿皮心想，只能走一步算一步！但红毛呢？

"你是不是在想红毛？"紫红一眼就看穿它的心思，"红毛很担心菊子的安危，所以先出发去寻找它了。"

"捉了我，还会去救菊子？"绿皮在心里冷笑，现在绿皮只相信自己眼前所见的。

紫红将军一边命令红毛去搜寻菊子，一边也急切地等着将大石碑绑妥，装上新建的木柴车。菊子的踪迹打乱了原先的规划，紫红决定更改路线，直接朝东行进。

红毛率领的先锋部队快马加鞭，行军的速度超乎前两天，除了在正午天气炎热时休息，它们几乎是三步并作两步在赶路。

当红毛检视高原山脚下的块茎和足迹时，便大胆研判，菊子最多只领先一天的路程，而且是单独回去，并没有其他豆鼠陪伴。

它和紫红讨论时，都无法了解灰光和菊子之间是怎样的关系，最有可能是两边合作，阻挠高原豆鼠的远征军。但灰光的部下不多，无法和紫红对抗，也不可能回到米谷掌权，毕竟那儿还有长老们在镇守。紫红比较担心的是万一红毛看错足迹，而灰光陪着菊子回到大森林就麻烦了。

红毛相当有把握，一定可以在菊子赶回大森林前，将它拦阻，带回紫红将军那儿。它觉得较为难的是，万一菊

豆鼠回家

子执意不肯呢？紫红将军曾经这样问它。

想到可能要诉诸武力，才能捉回这位曾经一起冒险犯难的同伴，红毛的内心确实有些煎熬。它沉思了许久，对紫红坚定地说道："为了整个豆鼠世界的将来，我必须做出正确的抉择。什么是该做的事，我心里明白。我一定会将它带回。"

话虽是这样说，但率队离开山脚后，即使已过了一天，红毛依旧在为如何面对菊子而挣扎。届时遇到菊子，如果菊子真的不从，怎么办呢？

菊子已经通过最危险的路段，返回大森林几乎可期，难道会屈从，跟自己再回到紫红将军身边？不可能的！红毛深知，要面对的是一个会顽强抵抗的、持着锐利尖刺和自己对峙的菊子。届时，恐怕必须和这位大森林的同伴进行生死的对决，甚至付出生命。这命运怎么这样安排呢？真让它矛盾而痛苦。红毛不禁喟叹时运之难为了。

紫红将军的研判果然没有错，一路上，红毛都未再遇到任何白狐或大鸷了。这两场大战下来，豆鼠已经把这两种动物赶走了。离开高原的山脚后，天气愈来愈热，尤其是进入荒原的沙漠以来，习惯阴凉天气的高原豆鼠们，几乎都快吃不消。它们被迫放弃大半辎重。

可是，有一件事却让红毛惊喜万分。隔天午夜，它们发现了单独而新鲜的豆鼠足迹，这表示菊子就在不远的前方。同时，小运粮车也被遗弃在半途，正是米谷制造的。那小运粮车还剩有一些干瘪的扁豆，也有一两块块茎。会把食物遗弃在车上，这是为什么呢？

红毛研判，菊子显然也被这种天气晒得受不了，不得不放弃大部分的食物吧！

红毛更卖力地带头在前，加速追赶。天将明时，红毛终于看到，远方静谧的沙丘上，有一个肥胖的黑影盘坐着。是菊子没错！它正在那儿休息。

红毛并未马上过去逮捕菊子，而是继续潜伏。反正已经追上，不急于这一时。它也很担心，万一菊子察觉了，不顾一切脱逃，一旦奔回大森林，就不易再追上了。这是有可能的，因为刚才对照地图时，发现距离大森林只剩三天不到的路程。红毛希望捉它个措手不及。

红毛遂把部队分成两股，绕了大圈，悄悄地包围了菊子孤坐的沙丘。在包围沙丘时，红毛曾想过，其实这时如果它和菊子合作，一起回大森林，也不是难事。它们都会变成大森林的英雄。可是，它也深深自责，怎么会有这种自私的念头，太对不起紫红将军了，何况这是多么愚昧而短视的做法！

  豆鼠回家

又赶了一个晚上，天也快亮了。幽微的月光下，菊子盘坐在沙丘上，待会儿又要找一个可以隐藏的地方休息。离开米谷以来，没想到这一路竟然几乎都未遇见白狐和大鸳，让它觉得真是不可思议，而又幸运。

唯一一次碰到大鸳，是在高原的崖壁。当灰光等一群流亡豆鼠强迫它一起攀爬时，连它也未料到，天未明，大鸳便大群集结于峭壁上。

它一点都想不透为何如此，莫非是大鸳们也知道，高原豆鼠即将到来，所以在那儿集聚，而它们正好成了领头的替死鬼。

说来荒谬，菊子想到自己能够跑到这儿，还真要感谢大鸳呢！如果不是它们攻击流亡豆鼠，它根本没有机会逃走。当时，它趁着流亡豆鼠忙着抵抗大鸳，兵荒马乱时偷偷地溜下来，直奔大森林的方向，追赶黄月。

它追赶没多久，就追上推着车子的黄月。

黄月再怎么料，也想不到菊子竟会追上。两个探险队长，在沙丘棱线上展开一番恶斗。

菊子气急攻心，尖刺未抓稳，胡乱地追打。黄月有些心虚，忙着应付。不知为何，两把尖刺竟同时脱手而出，掉落到下方的凹地。黄月见机不可失，率先冲了下去，菊子想跟，一个踉跄，不小心绊倒自己，再起来时，黄月已经取得尖刺。

菊子心想惨了时，黄月却发现为了取得尖刺，它竟陷入流沙里。

菊子冲过去，小心地取得另一把尖刺，同时把掉落到旁边的竹简挑起。再转回头，想要救黄月时，已经来不及了。它伸出尖刺，但只能眼睁睁地看着黄月隐没。

菊子拎着尖刺走回沙丘，茫然地瘫坐在沙漠上。同样来自大森林，都为了寻找另一个美好世界，它们竟无法沟通，甚而翻脸，争得你死我活。黄月的离去，让它颇感遗憾，但已经尽力了。

呆坐了许久，再望着手上的竹简，它不禁叹口气。原本抱着无法回大森林就必死的决心，经过重重危险，如今再从黄月手上夺下竹简，许多非比寻常的意义又增强了。

返回大森林后，无疑会被视为英雄，那是多么无上的光荣，它知道无论如何都要活下去！再检视那竹简上的地图，路程可能剩不到三天，心头不禁漾起了愉悦。

取出身上最后一个块茎啃咬时，突然间也想起绿皮。对黄月，它毫无自责，但对绿皮，头一次觉得很对不起它。绿皮是那么善良，而自己却将它刺伤，不知现在它又如何了。可是，它也未免太懦弱了，没有责任感，竟完全忘了对大森林的本分。

红毛更是糟糕，居然还臣服那紫红将军，完全看不出紫红狂悖的野心。它非得把这详情告诉长老们，趁高原豆鼠还没到来之前，做好抵抗准备。但它严重怀疑，高原豆鼠真能打败大鹫和白狐？大森林的豆鼠百年无法解决的敌害，小小的米谷又如何能击败呢？

还是回到正题吧，回大森林后，应该如何演说呢？它开始思考如何叙述自己一路以来的冒险，想到长老们瞠目结舌的惊奇，想到自己被视为英雄的那种氛围，它难免有些陶醉。一辈子的豆鼠岁月，啊，恐怕接下来会是最风光时。

突然间，背后有动物接近的脚步声。

它机灵地蓦然转身，顺手取起尖刺，低伏，准备对付来袭的动物。一路惊险，它早就练好抵抗的功夫。

　　白狐吗？它紧张地细瞧，注视着黑暗中脚步声的方向。

　　果然有一个白色的影子慢慢晃动着，向它慢慢接近，可又显得有某些顾忌，只是在旁兜蔸、观察。大概是怕尖刺的锐利，因而不敢欺近吧！菊子虽庆幸自己备有武器，却也暗暗叫苦，那白狐躲在暗中注视，它却赤裸裸地站在月光下，无计可施。

　　等了许久，菊子都快忍受不住了，那白狐依旧未攻击它，似乎在等菊子精神涣散时，再趁机扑过来。这只白狐一点也不像菊子所熟悉的那样莽撞。

　　天色鱼肚白了，大概太疲惫了，菊子突然眼神发黑，就在它分心时，那白狐一跃而上。菊子根本来不及将尖刺刺过去，就被白狐以爪拍落。菊子慌忙一闪，滚落沙丘脚，又去拾取掉落的尖刺。但那白狐呢？竟然不见了！奇怪了！怎么会有这种白狐呢？

　　等再看清时，赫然发现自己四周都是豆鼠。它大喜过望，还以为是大森林的豆鼠赶来救它，惊走了白狐。但定睛细看每一只豆鼠身上都持有尖刺，而且都是精瘦剽悍的样子，不禁吓了一跳！接着，感觉背后有脚步走近，它急速转身，赫然看见了红毛！

"好久不见了，菊子。"红毛微笑着向它打招呼，旁边还跟着它的侍卫轻毛，手上正持着假扮白狐的白布皮。红毛微笑道："没想到你的精神还那么好，居然能撑到天明。"

"你来干什么？大森林的背叛者，还不快点投降。"菊子紧握着尖刺，对着红毛威吓道，不准它再接近。

"想请你去见紫红将军。它就在不远的地方。"

"哼！要见我，没那么容易，等我回大森林再说。"

"很抱歉，我不能让你先回去。"

"你凭什么不让我回去，你是不是受到那穿一身奇怪衣服的野心家的影响？"菊子破口大骂。

红毛继续逼近。

"难道你忘了，我们的目的？当时我们为何冒险？就是为了有朝一日能够带着好消息回大森林。现在我们已经获得，大森林也快到了，难道你忘记了？"菊子凄厉地吼道，试着动之以情。

"正是因为知道，所以更不能让你回去。"

菊子知道说不通，决心一拼高下："废话少说，如果敢在我面前阻挡，就请你吃我一刀。"

"你真是冥顽不灵。"红毛了然苦笑。

菊子眼看红毛还在笑，愤怒地叱责道："你这个大森林的败类，急功近利，只想当高原豆鼠的队长，我回去一定会跟大森林的长老们报告。"

　　红毛原本想以礼待之，所以讲话尽量低声下气，但未料到菊子依旧是一副臭脾气，还如此羞辱它。它再也忍耐不住了："哼，你这个糟糕的家伙最自私了，连自己的同伴都敢伤害，绿皮又碍着你什么事，竟然想置它于死地。本来还想对你客气，你既然不知自爱，就怨不得我了。"

　　那菊子一听，恼羞成怒，可不等红毛说完，忽地就刺了过来，所幸红毛闪得快，利落地撩落菊子的尖刺，接着纵身一个鱼跃，扑了过去，硬是把菊子扑倒在地，双双滚到沙丘脚下。但那菊子也不知哪儿来的神力，迅速跃起，从一名接近的豆鼠士兵身上抢到一根尖刺，顺势刺向红毛。

　　红毛仍持尖刺，一边躲闪。基于友情，在回击时有些顾忌，结果，一个不小心，手上的尖刺竟被旁边藤绳缠住了。菊子趁势攻过来。情急之下，它只好舍弃尖刺，大脚扬出，一个抬腿踢中菊子的胸口。

　　菊子闷哼一声，晕倒在地。红毛靠过去，怎知菊子是佯装的，它从胁下抽出一把小尖刺，刺向红毛。但红毛眼明手快，不等菊子施逞，抢了过去，反戳向它。

叁 拾 捌

　　紫红带着缺耳和绿皮登上一处小丘，远眺着地平线。
那远方的地平线上正有灰尘霭霭，团团翻滚。在灰尘之
前，有一支小队伍朝紫红一行驻足的小丘奔驰。

　　"绿皮，你看那地平线的灰尘是不是大森林的豆鼠？"

　　"大森林的豆鼠从来不会走入荒原的。它们认为荒原
是白狐和大鸢的世界。"

　　绿皮语中带着嘲讽之意。紫红将军当然听得出来，真
想让士兵把它捉到后头解决，但现在还用得着它时，故意
装作没听到。

　　"奇怪了，红毛早应该回来了？"紫红突然觉得，现在
特别仰赖这位来自大森林的豆鼠。

　　奔驰回来的小队伍，赶到了紫红面前。一名队长趋前
报告："报告将军，是白狐和大鸢的混合族群。集聚的数

量颇为可观，挡在了我们前往大森林的去路上。"

"从山脚走了两天，又要打仗了。这样也好，刚好一起解决。"紫红将军不解大鸨和白狐为何还有这么多数量，但它依旧信心十足。

"将军，白狐和大鸨开始移动了。"缺耳在旁叫道。

紫红再凝视远方，喟然道："让它们接近一点再说。"

白狐和大鸨这两种动物平素互不往来的，为何现在会结合在一起？莫非是经过豆鼠痛剿之故？这是紫红心里最大的隐忧，但它相信自己拥有优势的武力。再者，两种动物会结合，显见它们已经穷途末路了。

"它们快速过来了。"缺耳再叫道。

紫红仍在观察、评估情况。等大鸨再飞近了，它才下达命令："部队形成方阵，准备应战。"

高原豆鼠在命令下，随即形成一个大矩阵，布鸢和采收车都集中于矩阵中央。绿皮吓了一大跳，没想到豆鼠竟能这样快速有序地作战部署，不禁为紫红的军事才能感到佩服。

说也奇怪，当豆鼠完成部署时，那白狐和大鸨的军队竟在不远处停止了前进。白狐群只顾在地面来回跑动，大鸨则缓缓在天空上盘飞。

这样的僵局下，豆鼠们更有机会仔细看清眼前白狐和大鵟的数量。"真奇怪，它们打了两场败战，怎么还会有那么多？"缺耳也有同样的纳闷。

"什么样的豆鼠，就会有什么样的天敌。这儿是它们的领土。当大批豆鼠集聚荒原，它们当然会想尽办法结集更多动物来保护自己的领域。何况，知道豆鼠的力量变强了，不同的动物自然会结合在一起。"绿皮分析。

"乌合之众再怎样团结都一样。大决战现在才要开始呢！"紫红嗤鄙道。

"它们为什么不进攻，在等待什么？"缺耳开始不安。

"它们是害怕我们的布鸢和采收车吧！"紫红微笑着，一边看天空，一边再看豆鼠们竖立的旗帜，突然大惊道，"糟糕！没有风，布鸢升不上去了。"

不只紫红将军，大鵟显然也察觉到天空已经没有风，迅速飞到豆鼠的上空，准备扑下来袭击。

豆鼠们纷纷把石块往上射，但大鵟们飞的位置很高，结果所有石块，都往下落，反而击中了豆鼠自己，死伤了不少只。大鵟们明显地在引诱豆鼠们盲目地把石块射光，等白狐攻击时，就不会遭到石块的攻击。

"停止射击，快点叫所有士兵把尖刺绑在背上。再缩小阵地！"紫红急得大叫，自己也赶入阵地之中。

绿皮十分好奇，这样有何用呢？随后它才恍然大悟。原来士兵们把尖刺绑在背上，再缩小阵地后，犹如形成了一片荆棘之林，就像一只背上长满刺的大刺猬。大鹫们更不敢飞下来，有一两只大概是年轻的，试着大胆掠下，马上遭到尖刺刺伤，并且被蜂拥而上的豆鼠杀害。

大鹫们无从攻击，不得不飞降到旁边的枯木林休息。但白狐群似乎已经按捺不住，群集冲过来。紫红马上下令阵地最外围的士兵操作采收车，全力射击，大量的石块接连落在白狐阵营当中。白狐队伍大乱起来，最后不得不往后撤退。未料到撤退时，后面也掀起一阵大乱。发生了什么事呢？

原来，红毛率队赶回来了。它们的数目虽少，由于速度奇快，加上出乎意料，白狐们根本搞不清楚状况，还以为是像上回的包围战术，整个乱成一团。紫红趁机指挥豆鼠兵分两路，一方面继续向前攻击，冲向白狐群，另一支则攻击休息中的大鹫，杀得白狐和大鹫落荒而逃。

紫红相信白狐和大鹫还会再回来，因为它们并未损失多少，只是战术失败而已。它们会在更前方重新部署，等着和豆鼠再一次决战。

这次白狐和大鹫的紧密合作，说明它们已经知道高原豆鼠的意图。无论如何，它们定会铆足全力，阻挡高原豆鼠和大森林豆鼠结合。

回到阵地后，红毛马上把菊子带到紫红的面前。菊子走起路来，一拐一拐，大腿明显地受了伤。那是刚刚被红毛刺伤的。看到菊子被活生生逮回，紫红当着众队长的面把红毛夸赞了一番。

之后，紫红将军马上审问菊子："你认为回去能够说服大森林的同伴，阻止我进去吗？"

"会的，我们不可能相信一个长相不肥胖的豆鼠，有一天突然进到我们的森林，跟我们描述一个'宏大'的愿景，然后，要我们去打仗。我们永远不相信，战争可以解决大森林豆鼠现在面临的危机。"

"这就是高原豆鼠能在恶劣环境创造米谷和北方森林，而大森林却快要灭绝的原因。唉！看来我们之间是不可能达成共识的，但我又不能让你回去造谣生非。你说我该怎么办？"

"杀了我吧，叫红毛再补我一刺便可，能够死在自己人手里，这是我现在唯一的心愿了。"菊子大吼时，故意斜眼看红毛。

红毛低着头，故意没看到，手里拎着从菊子身上抢下的竹简。

面对这样顽固的家伙，紫红将军也无可奈何，只得暂时把它捆绑，羁押在旁。它还拿不定主意如何处理，说不定进入大森林时，还用得着呢！

菊子被捆绑后，看到绿皮站在旁边，原本想跟它道歉，顺便告知黄月的事，但绿皮似乎无所谓，一副事不关己的样子，它愈看愈生气，也不想搭理绿皮了。

叁 拾 玖

清晨时，白狐和大鹫又再度结集于远方的地平线，朝豆鼠的阵营缓缓逼近，即将发动下一波的攻击。豆鼠也把布鸢和采收车备妥，准备进行最后的对决。一场大战蓄势待发。

一阵阵滚滚的风沙，不断地吹向高原豆鼠的阵营，每只豆鼠脸上都沾满了沙粒，仿佛历尽了千里迢迢的跋涉。白狐和大鹫们也在风沙里缓慢地前进，直到风沙停歇。荒原再度被死寂笼罩时，白狐和大鹫们已经抵达另一个山坡，和高原豆鼠们遥遥相对。

红毛陪紫红站在一处小丘上观望："这么久了，它们为什么还不攻过来？难道忌惮我们的武器？"红毛问道。

"我也觉得很奇怪，它们到底在做什么呢？"紫红百思不解，头一次面对这样的情形，它开始不安起来。

它们因这样的气氛，不约而同地互望时，一名豆鼠士兵气急败坏地冲上前来："报告将军，不得了，一群白狐从后面袭击，正在攻击运大石碑的木柴车。"

　　"什么？攻击木柴车！"紫红听了大惊。白狐群为何这时攻击木柴车？难道要抢大石碑？紫红马上叫缺耳代理指挥，自己亲自率领红毛和一群士兵赶往后头援救。

　　前几天大军上抵高原时，紫红原本盘算，大石碑能吸引白狐群的攻击，结果对方不为所动。想不到，这回却动起了脑筋。紫红一边跑，一边思忖，白狐愈来愈精明了，一定要尽早歼灭。

　　豆鼠队伍掀起小小的混乱，绿皮看到红毛冲下小丘，带着先锋部队紧跟在紫红后头。它知道后头一定出事了，随即机灵地跳上红毛的木柴车，趁机取走竹简，再跑去抢救菊子。

　　菊子看到绿皮前来营救，而且还将竹简交还它手中，甚是惊喜。绿皮帮它把绳索松脱后，一起混入救援的队伍里面，准备伺机逃离。

　　此时，菊子才相信绿皮是它唯一可信赖的队员，一边跑，一边把黄月并未罹难，却跟流亡豆鼠结合，还跟它决斗，不小心掉进流沙等事情，全部告知了绿皮。

菊子又恢复了活力，腿部虽有伤，却完全不碍跑步。更何况，它想到大森林在望，如今竹简失而复得，整个身子变得比任何时候都轻盈。

绿皮听到黄月还活着，自是惊讶。再听到菊子和它决斗，顿时有些震慑。它的步伐逐渐沉重，竟有着不知如何跟菊子一起跑下去的心情。

同样是大森林来的豆鼠，为何最后是自相残杀呢？它不懂，也害怕起来，愈加觉得自己不属于这种战争。

肆 拾

　　紫红将军心急如焚，一路朝木柴车奔去。但远远地，看到白狐们打败了护守大石碑的豆鼠士兵，抢走了木柴车，不禁暗自咒骂缺耳的调度，为何只派了少数的士兵看守。

白狐们似乎准备把木柴车推往一处沙丘。它们或许不知道大石碑的功用，却察觉了它对豆鼠的意义可能很大，于是决定加以毁灭。

白狐力气甚大，不过十来只便能推动木柴车。所幸，紫红和红毛率队赶到。红毛眼尖，一眼便看出白狐的企图，大叫道："快点阻止。沙丘另一侧有许多流沙。不能让木柴车朝那儿去！"

赶过来的豆鼠士兵们，尽管只带了尖刺和弹弓，可都是高原豆鼠里体力最好的战士。它们一听红毛这样说，毫不慌乱地往沙丘冲过去。未料到，中途却有另一群白狐赶到。两方遂混战成一团，到处是杀戮的惨叫之声。

绿皮和菊子跑得慢，被先锋部队甩得老远。其实，这样正符合绿皮的意图。但绿皮却未马上溜走，远远地看到木柴车被白狐抢走，它不免也关心起来。反倒是菊子不停地催促，准备往另一个方向跑，但后来连它也不禁停下来了，往沙丘的方向望去，因为木柴车已经快抵达沙丘顶端了。

未料到，就在这一霎间，不知哪来的一只大雕，从空中直扑而下，朝落单的它们攻击。

大雕双爪一伸，绿皮本能地闪躲开，菊子原本就受伤，行动慢，自是闪避不及，硬是被大鹫往上逮去。绿皮急忙掷出手上的尖刺。虽是慌张乱投，竟也击中了大鹫的脚爪。那大鹫痛得松了开来，菊子和竹简都从空中坠落。跟上回在高原时一样，崩然落地。绿皮赶过去时，菊子已经昏迷。

绿皮叫了好半天，才推醒它。菊子勉强睁开眼，想爬起，却动弹不得。好不容易稍起身，又痛苦地躺回地面。紧接着，干咳不断，最后竟吐出鲜血。

"我不行了！我不行了！"它意识到自己已回天乏术了，不断抖颤着喃念。最后，紧抓着绿皮的手，努力张开口，吃力地迸说："我、我的，那个竹简、竹简一定要带回大森林，让它们知道我，我把任务完成、完成了。"

"家就快要到了，你一定要撑下去！"绿皮不断安慰它，硬是逼它不能合眼。

菊子对着它摇头苦笑："太远了，太远了！"勉强说出这几个字，猛然断气了。

"太远了！到底是哪个方向太远了呢？"对菊子或许是只有一个方向，对绿皮而言，却不尽然。

绿皮愣在原地好一阵，看到竹简掉在不远的地方，遂走过去捡拾。原先，它还想和菊子一起溜回大森林。菊子这一死，它觉得任务好像也告结束，想回去的意愿反而降低了。它茫然地望向远方，握在手上的竹简竟不知如何处理。这时，沙丘又传来厮杀声。

绿皮朝那儿看去，紫红将军和四五只豆鼠，已冲破第二群白狐的阻挡，留给红毛等豆鼠去战斗。它兀自挺着一只尖刺，往木柴车追去。但那些推动大石碑的白狐群里，又有几只跑过来迎战，其他的则继续努力地把大石碑往前推送。

紫红一马当先，刺倒了为首的白狐，大吼着向前冲。看到紫红迅疾赶至，好几只推车的白狐又急忙回头应战。只剩四五只，吃力地推着木柴车前进。接着，红毛又率领一群豆鼠突围而至。白狐们终于顾不得木柴车，全部回过头来抵挡豆鼠的攻击。可它们全忘了，木柴车尚未停妥。

那木柴车转而下滑，速度渐渐加快，发出轰隆声。打斗的白狐和豆鼠们都愣住了。还来不及会意，木柴车已经冲至，首当其冲的白狐群若未直接毙命，也被大力碰撞，弹空而摔死。

眼看木柴车冲过来，紫红将军机警地闪躲到一旁。怎知，大石碑竟在这时挣脱了粗大的藤绳，从木柴车往外斜出，终至崩落。

不幸的事终于发生了，大石碑如一块飞崩的大落石，直扑向紫红。任凭紫红再如何敏捷，大石碑还是将这位披着斗篷的将军撞倒在地。大石碑继续滚落，又有好几只豆鼠被辗死。

　　任谁也没想到，大石碑翻滚得如此剧烈，它不断翻，竟朝绿皮和菊子的方向滚去。绿皮急忙扑倒在地。悚然感觉，大石碑带着一股阴阴的森冷，从旁侧庞然掠过。绿皮几乎透不过气。好不容易睁眼，那大石碑仍在往前继续滚动，滚、滚、滚，最后搁浅在一处流沙地。斜斜地竖立在流沙里，慢慢地沉没了。

　　红毛和豆鼠士兵们顾不得大石碑了，急忙赶到紫红身边。紫红喘着一丝气息，努力撑起身子，推开豆鼠们，不死心地盯着陷入流沙地的大石碑，指着它大喊："快！快！快去救！"

　　但事实摆在眼前，无可挽救了。这个辛辛苦苦从米谷搬运而来的百年古迹，正慢慢地自地面上消失。这个最后的场景，让紫红发指眦裂。不甘愿啊！它激动地颤抖着。曜地大吼一声，狂吐鲜血，昏倒在红毛怀里。

　　红毛激动地大喊将军。但紫红再醒来时，已经无法言语了。它努力地伸出手，只是指着大森林的方向。然后，缓缓摘下琥珀镜，交给红毛，再示意旁边的侍卫卸下斗篷，让红毛穿上。

红毛惊讶得当场愣住了。怎么会这样呢？它从未想过有这么一天，紫红将军竟会把兵权交给它，一只来自大森林的豆鼠，要它继续带领高原豆鼠前往大森林。

紫红为何不把这个指挥权交给缺耳，而是交给一个外来者呢？

"将军？"红毛正欲开口。

那紫红似乎知道它要说什么，摇手示意它不要说了。接着，对它苦笑后，再也未醒来。红毛继续发愣，但其他豆鼠士兵已经向它敬礼。

轻毛也上前向红毛大喊："报告将军，战争还在前方僵持，请尽快回到前线带领我们作战吧！"

"好，"红毛愣愣点头，但随即恢复机警之心，果断发布第一道命令，"告诉缺耳队长，紫红将军已经战死，且将指挥权交付我。请它传令下去，准备向白狐和大鸳展开猛烈攻击。我马上赶到！"

交代完命令后，它戴起琥珀镜，披上斗篷，走下沙丘。绿皮远远看着紫红死去，红毛成为将军，也傻住了。

红毛将军！红毛变成将军了，它仍无法相信眼前的事实。从绿皮的距离远眺，那红毛像是一个更大的紫红。

当红毛带领高原豆鼠缓缓走下来，经过绿皮身边时，看到了横躺在旁的菊子的尸体，它并没有做出什么反应，只是默默地站了一阵，又匆匆启程。留下错愕的绿皮，还愣在原地，仿佛还没清醒过来。

红毛又走了一小段路，才回过头跟绿皮问道："你还要回大森林吗？"

绿皮不知如何回答，急忙走过去，把竹简交给红毛："请将军把这个东西带回大森林，告诉当地的长老，就说曾经有三只豆鼠到达过米谷，它们留下了这份记录。"

绿皮搞不清为何自己突然有这样的举措。

红毛握着竹简，不太清楚它为何又落到绿皮身上，但那似乎已不重要，它已经要回家了。想到一路以来的风雨，不禁叹口气道："好！等我率军队入林，我会告诉它们，有一位英勇的队长叫菊子，是它完成了这个竹简。至于你……"

红毛迟疑了一阵，突然发现绿皮已转身离去，但不是朝大森林。

"你要去哪里？"红毛困惑地追问道。

"往西走！大概去米谷吧！也可能往更西的地方。"绿皮顺手捡起了一只尖刺。

"往西还有森林吗？"红毛叫道。

绿皮耸耸肩，一副无所谓的样子。

"保重了，路途还很长呢！"红毛朝绿皮大声说。

绿皮走了一阵，蓦然回头，想说什么，但红毛已率队远去。

看着背影愈来愈小的红毛，还有更远方滚滚的风沙里，一场大战即将爆发。它再看自己即将投奔的地平线，浮云徐走，下方仿佛有一个诗的王国。它感慨万千，不禁再悲怆地吟哦：

　　　让我和战争彼此遗忘
　　　各自在自己的世界流浪

不只是豆鼠

朱惠菁

偶尔，生命会出现滞碍，只能迟缓地过着。就是在那样的时候，我邂逅了豆鼠。

　　那是一九九九年，升研二的溽暑。我放弃了先前的论文题目，准备向动物研究靠岸。在图书馆寻找资料，枯窘地思索新的方向时，偶然发现了《扁豆森林》等三本以豆鼠为主角的小说。"嗯，作家真会胡思乱想，和我面对的动物世界实在差很大。"

　　那时心头淡然一笑，仿佛人生的擦肩而过，岂知，这小动物并未自我生命淡出。如今豆鼠小说重新出版，由我负责主编。在这十二年间，我也幸运地遇见人生同道，缔结了姻缘，和克襄及他初婚生养的两名男孩一起生活了好些年。

　　入住男生宿舍后，我发现兄弟俩感情很好，最兴的娱乐似乎是说故事游戏。如果不遏止，他们应当可以说到天荒地老吧。渐渐地我才理解，那是他们或援引卡通人物，或斟酌电玩主角，或复制经典英雄，自个儿幻想剧情，发展出来的"真人版电玩游戏"。不是握着机器打电玩，他们以说故事的方式，在自己编造的游戏情境，过关斩将。

后来哥哥告诉我，他和弟弟会发明这种玩法，可能启蒙于儿时，睡前听爸爸说豆鼠故事的经验。

兄弟游戏时，主讲人通常是弟弟。表达欣赏、喜欢的情绪，他向来惜话，"还可以"即等同于良级。唯有两件事，他愿意敞开心怀，直接称许褒美，一是爸爸烹煮的咖喱饭，再者就是豆鼠系列故事。"为什么不再出版豆鼠的书？"自从我编克襄的书，他三不五时出声催促。

原来他一直在豆鼠世界里流连。这个青春期神态冷然的孩子，其实偷偷藏着童年。在他丢弃的创作本里，我们读到米谷、紫红等名称。他把豆鼠故事里的一些素材，乾坤挪移到自己的异想世界。

我有点失落、忌妒，又颇欣慰。即使只有父子三人一起生活，他们还是能盈满地长大吧。曾经多少担忧，兄弟俩高中岁月，和克襄的相处时间骤减，话语也疏落。偶然出差错，沟通对话时，克襄的终点也永远早于我。他总是明快地获得结论，离席埋首工作。而我犹不罢休地和孩子层层抽剥。表面上我和他们相处的时间较多，又经常滔滔不绝，发表生活见闻、感慨，可我终于理解，那就是男人的真情与信任。至于克襄的信念，淡泊权势、简单生活、思索自然，在孩子幼年聆听床头故事时，似乎便已偷渡传承。父子情谊虽随世事纷扰而冷却，但只是暂时凝结，并未销蚀。

不消小儿请命，我们早有擘画，将其中一本——《扁豆森林》重新出版，纳入"刘克襄动物故事"系列版图。虚构的生物，重度拟人化，族群歼灭另一族群的情节，造就豆鼠系列"特异的体质"。是否为动物小说，历来专家学者各有见地。克襄不想画地自限，他认为动物小说不必然是实际存在的生物，作者运用自然生态知识，创作新的生物，丰富了此类书写的面向。何况自然平衡、物种共存的思索，是豆鼠故事不可或缺的内涵。

《扁豆森林》现以《豆鼠回家》之名重新出版，除了文字大幅修润，克襄还亲自绘画插图。这些年他的绘图技巧趋于娴熟，颇具风格。唯面对这个虚拟的生物和场景，起初他是抗拒的，毕竟他的画作，除却地图，多为单一主题，如植物、动物的写实素描。我搬出收藏的色铅笔习画本，鼓励他尝试此一媒材。不意他很快就摸索出乐趣，愈画愈顺，纯真的笔触适巧吻合当年的文风。

经由美术设计的巧思，这些彩图佐以诗作，落版在洋洋洒洒的内文之前，颇有电影开场的氛围，又好像一幕幕引人入胜的预告。最初设想，这本十万字的小说，版型理当简单，但是宝琴的设计颠覆了我贫瘠的想象。内文版面不仅具有章回小说体的情韵，还费心撷取许多小图，细腻地安插在各个章节。旧作重出，能有此番样貌，实属少见。在此特别代克襄，对每一位付出心力的人士，表达感谢之意。

原本一直提不太起劲编书，或许潜意识里无法免俗地担心能否跳脱前作。岂料在校对修润、讨论作品意涵的过程中，不知不觉地跨过了蛰伏期。啊，我开始怀疑豆鼠这小生物具有魔法了，或许小儿早就发现秘密，难怪他坚持豆鼠故事是奇幻小说，却又不说明白。还有什么奇妙的可能呢？我静静期待着。